念远怀人 著

后羿

之 **英雄日暮**

北京联合出版公司
Beijing United Publishing Co.,Ltd.

图书在版编目（CIP）数据

后羿之英雄日暮 / 念远怀人著. — 北京：北京联合出版公司，2020.10
ISBN 978-7-5596-4529-6

Ⅰ. ①后… Ⅱ. ①念… Ⅲ. ①中篇小说－中国－当代 Ⅳ. ① I247.5

中国版本图书馆CIP数据核字（2020）第161660号

后羿之英雄日暮

作　　者：念远怀人
出 品 人：赵红仕
责任编辑：李艳芬
特约编辑：田　源
装帧设计：與書工作室
内文排版：苏　玥

北京联合出版公司出版
（北京市西城区德外大街83号楼9层　100088）
北京联合天畅文化传播公司发行
北京美图印务有限公司印刷　新华书店经销
字数55千字　787毫米×1092毫米　1/32　4.25印张
2020年10月第1版　2020年10月第1次印刷
ISBN 978-7-5596-4529-6
定价：42.00元

版权所有，侵权必究
未经许可，不得以任何方式复制或抄袭本书部分或全部内容
本书若有质量问题，请与本公司图书销售中心联系调换。电话：（010）64258472-800

嫦娥

后羿

金乌

逢蒙

目录

第一章	遗弃幽冥	....	1
第二章	广寒初嫁	....	19
第三章	彤弓素矰	....	41
第四章	诛杀妖兽	....	53
第五章	箭射九日	....	77
第六章	嫦娥奔月	....	93
第七章	后羿之死	....	115

第一章

遗弃幽冥

第一章

荒年幽冥

嫦娥失踪了。

哪怕她是万神之主帝俊的女儿，着急的也只有她的母亲常仪。

帝俊的家庭也太大了，妻儿遍布天上地下。帝俊如他的名字一样，俊美无双，惹的风流债几乎数不过来。帝俊是全能的，但遗传给子女的能力只能是随机的，如此造成了子女的千差万别。比如说——

帝俊宠幸东方的羲和，生下了十只发光的三足乌鸦，也就是太阳。

帝俊宠幸西方的常仪，生下了十二只玉色晶莹的蟾蜍，也就是月亮。

帝俊宠幸南方的娥皇，生下的孩子能分出三个身体和六条臂膀，最善于战斗，号称三身人。

总之，帝俊宠幸了好些女子，繁衍出羽人、鲛人、无心人、无骨人、无肠人……当然也有不少正常人。

羲和生了十个太阳之后，就成了日神。她每天带一个乌鸦孩子，驾着龙车，在天界之下、地界之上，环游那么一圈。在人间看来，就是太阳的起落。

常仪生了十二个月亮之后，就成了月神。日月争辉就像争宠，常仪尽量不与羲和相遇，每天带一个蟾蜍孩子，在日落时到海里洗澡，洗完了再回去。在人间看来，就是海上生明月，游走天尽头。

但是在生下十二个月亮之后，常仪又给帝俊生了个孩子，却不再是蟾蜍模样，而是个美丽的女儿，取名嫦娥。

现在可好，嫦娥失踪了。月神常仪委托了天界的千里眼和顺风耳去寻找，结果天界和人界都没有嫦娥的影子。千里眼没有说，他的如炬目光在扫描人间的时候，看见了一个人间的孩子。原本微不足道，偏不知为什么，多看了一会儿。

那是一个被遗弃的男孩。

被亲生父母遗弃在森林里。

这孩子出生前一日，母亲梦见了漫天大火。

分娩时正是正午，突然间，艳阳开始残缺，天色骤暗，渐渐只留下一个暗淡的光环。

部落的巫师从隔壁村庄赶来，本是来给孩子取名字的，却在暗日下摇动骨铃，跳着奇怪的舞蹈，唱着没人能听懂的歌谣，直到力竭昏倒。

太阳重放光辉，村民们把巫师抬入茅棚内唤醒，把初生婴儿举到巫师面前，请他赐福和取名。巫师眼里充满了恐惧，厉声叫起来："没有人！没有人能给他取名字！太阳！他刚才……偷走了太阳……他是日出的敌人！"巫师语无伦次地爬起来，窜出茅棚，疯疯癫癫地跑远了。

巫师是部落里最受尊敬的人，他的恐惧和判语迅速地传遍了村庄，来庆贺的人都躲回了家，关门闭户，忐忑不安地度过一夜，直到看见太阳照常升起，才松了一口气。只是这孩子一直没有名字，村民提到他时都讳莫如深地称"那个灾娃"。

村民慢慢淡忘了恐惧，却发现部落巫师一连五年都不踏足村庄，婚丧嫁娶、春种秋收也没人主持和赐福。

这一切都是因为"灾娃"，村民的怨恨日益加深，终于要驱逐这家人了。

灾娃的父母在村民的指指点点中小心度日，如今总要做个抉择，天不亮时，这对已经哭了一夜的可怜人，强作笑脸，跟孩子说，要带他去山林里采花。

被叫作灾娃的男孩日夜都不曾出门，从来没有玩伴，父母出门劳作也是将他锁在茅庐里，得知今日竟然要带他去玩，高兴极了。男孩只隔着窗子看过外边的世界，原来世界如此之大，如此之美。天蒙蒙亮，男孩蹦蹦跳跳地牵着父母的手，看见晨雾渐渐散去，田野起伏，青黛色的远山连绵如龙。

那双忽闪的大眼看不够新奇的天地，只是那黛色的山林，看似近，但好像怎么都走不到。男孩终于在父亲的背上，听着母亲唱着山歌，睡着了。

父母背着男孩进入山林时，日头已经高起。他们是来遗弃这个孩子的，两人都不说话，用颤抖的手，将睡着的孩子轻轻放在了一棵大树下，忽然有一只蝉高声鸣叫起来,在万籁俱寂中,格外让人心悸。两个羞愧的人仓皇跑出山林。

他们不知道,这一幕正被天上的一只巨眼看着。

千里眼在天界愣愣地看着那树下熟睡的孩子,总觉得这孩子身上有种不一样的东西……他被身边的顺风耳碰了一下。

"找到月神家的女儿了吗?"

"哦……没有。"

"那你在瞎看什么?"

"奇怪了……"

天上的两个神祇还在有一搭没一搭地聊天,地上的一对父母在回家的路上越走越崩溃。那父亲终于蹲在地上大哭起来,母亲一语不发,猛地转头向山林奔去。

一棵棵树在母亲的奔跑中纷纷退后,转来转去,迷了路。母亲竖起耳朵倾听,她记得自己的孩子被放置的树下有蝉鸣,可偏这时候,艳阳高照,热风流动,漫山遍野、此起彼伏都是蝉叫……母亲再也找不到自己的孩子了。

小嫦娥一个人颤抖地蜷缩在岩壁上的角落里，岩下是翻腾涌动的岩浆。

难怪千里眼和顺风耳找不到她，她既不在天界，也不在人界，而在地底的冥界。

她困在冥界已经九天了。

九天前，正是帝俊的寿诞，冷清的天界久违地热闹了一回，主神、上神、司神、散仙都来参加宴会进行庆贺。

天界是有等级的。

最高远的是太古神，比如盘古、西王母、伏羲、女娲等这些能创生和毁灭的大神，他们早已归隐在神秘的不可知之地。

而当下的最高神正是帝俊，管理着众神的运作。

次之是主神，比如东方太昊、西方少昊、南方祝融、北方共工、日后羲和、月后常仪，都堪称一方之主。

其次是上神，比如金乌太阳、玉蟾月亮、太白金星等九曜，还有二十八星宿，统理天象运行。

再次是众多的司神，比如风神、雨神、雷公、电母、云中君、千里眼、顺风耳，都有司职，掌管天气、吉凶等具体事务。

散仙不入品，不好评述，而那些地仙、花仙、半神的灵兽、通神的巫师等，就进不了天界的法眼了。

帝俊的寿诞，太古神这些长辈当然是请不动的，一方之主的主神们来了一半，上神们几乎悉数到场，司神、散仙来凑热闹的也不少。

嫦娥被母亲常仪带着来到了寿宴上，她躲在十二个胖乎乎的蟾蜍哥哥（哥哥们日常化的人形依旧显得白嫩臃肿）的身后，露出一双美丽至极的眼睛，闪着一丝好奇，打量着众神。当然，这也是她记事以来第一次见到高高在上的父亲帝俊。

说起来，大部分神彼此之间都是亲戚，有些是嫦娥的堂兄表弟，有些甚至还是亲哥哥——比如日后羲和生的那些太阳。

十个太阳只来了九个，他们穿着金光夺目的盔甲，宛如威武的神将，头盔下也是俊朗人面，就是嘴隐约有乌鸦喙的样子。嫦娥很好奇，听说这些乌鸦哥哥都有三条腿，可是战袍遮着，看不见。

嫦娥以为自己在寿宴间只是个不起眼的存在，却发现众神都在有意无意地朝她这边看，甚至指指点点地说着什么。

在众神眼里，日后和月后都是天妃，地位却不可同日而语。日后待人热情，时时出现在帝俊的身边；而月后待人冷淡，就连与帝俊好像都很疏远，若不是寿宴，众神几乎见不到这位低调的主神。众神中也有碎嘴的猜测，认为月后的不得宠，除了因为清冷的性子，或许还跟其来自神秘的西方出身有关。都听说月后生了十二个月亮儿子之后，还生了一个女儿，今日才第一次得见。令众神惊异的是，嫦娥虽然只有十三四岁的样子，却有动人心魄的美丽。那秀美远在其母之上，甚至不逊于帝俊的俊逸。只有帝俊才能生出这般的女儿吧。

重要的还不是美。

帝俊优秀的子女们，都因异能而有异相化身，比如太阳的金乌相、月亮的玉蟾相。众多司神也是如此，风神的狮鹫相、雨神的青鸟相、雷神的猴公相……而嫦娥却拥有月后一般周正的妙相，或只有主神才能如此。难道月后家又要出一个主神吗？那日月之争，局势怕是在以后要改观了。

大厅陡然光亮了许多，原来是日后羲和带着一个乌鸦儿子巡天归来。羲和一身红袍，灿烂炫目，凤仪雍容，携着小儿子丹癸的手加入了宴席。大儿子丹甲迎了上去："母后总算来了，不然宴会可不敢散呢。"

身为日后，羲和很忙，如果她不带一个孩子去巡游，人间就看不到太阳升起。所以哪怕是帝俊的寿诞，她也得照例巡游。巡游的路线一成不变：从东方走到西方，正好是一个白昼，然后落下，沉入虞渊，穿过冥界，回到出发的地方，也是十个太阳的栖止地——扶桑。

扶桑是两棵巨桑倚在一起，犹如相亲相扶，所以才被叫这个名字。扶桑高三百里，传说一树扎根在阳界，一树扎根在阴界，是阴阳的分界点。

按理说，十个太阳身为上神，本可以独自巡游，但由于要穿过冥界，身为母亲的羲和总是不放心。冥界可不归天界所辖，至今那里依旧是太古巨神烛九阴的地盘，在天人眼里，是最神秘和危险的地方。

羲和热情地招呼众神，向帝俊祝了寿，就携着丈夫的手一起退了，从始至终都没有看月后常仪一眼。

月后并不当一回事，她也要走了，要带一个蟾蜍儿子去东海洗澡，不然人间就看不见月亮升起。暗夜过于漆黑，总会打脏月亮的身体，月后要发出自身的太阴之气，和着海水，拭亮孩子晶莹剔透的身体，就像磨亮一面铜镜。

帝俊与日后、月后这样的高神一走，宴会的氛围一下就轻松了。乌鸦本就是聒噪的物种，十只乌鸦凑在了一起，简直快翻了天。与此形成强烈对比的是月亮这边的静默。

丹甲是乌鸦中的老大，主动来到玉蟾们的席间敬酒："我们可都是亲兄弟呀！"

胖乎乎的月亮兄弟们，都木然不应，丹甲也不尴尬，对躲在胖子们身后的小嫦娥招手："呀，我有个这么漂亮的妹妹啊！"

嫦娥常年生活在月后的宫殿里，母亲每日总是忙着带哥哥们轮流洗澡，留守的哥哥虽然不少，共有十一个，对她也百依百顺，但都沉默寡言，性子缓慢。

"没来过这紫微大殿吧？"丹甲笑得很灿烂。

嫦娥摇头，她没见过如此神采飞扬的神。

"我带你参观一下吧？这里可比你住的地方大十倍不止。"丹甲向嫦娥伸出手。

嫦娥很好奇，想去，看了看玉蟾哥哥们，诺诺地说："那……我去了？"

"对呀，跟着他们岂不闷坏了！"丹甲牵着嫦娥的手，在众目睽睽下走出了大殿。

大殿之外，是连绵的回廊虹桥，丹甲笑着："这要走起来，十天也走不完。"说罢摇身一变，金甲的鸟人神将不见了，嫦娥眼前出现了一只巨大的三足乌鸦，比三层楼台还高，闪耀着火色的金光，奇怪的是，金光下是浓如墨色的羽毛，就像火焰之后的灰烬。

乌鸦的巨眼里，映出一个白袍小女孩后退的身影。

"别怕，是我呀。"嫦娥听到巨鸦发出的依旧是丹甲的声音。乌鸦展开了一扇翅膀，铺在嫦娥的脚边，就像通往鸦背的楼梯。"爬上来吧，我带你飞，看看真正的中枢天宇。"

嫦娥觉得这个丹甲哥哥充满善意，犹豫了一会儿，爬上了巨鸦的后背。

"把自己绑在一支羽毛上。"丹甲说道。

嫦娥用白色绫带把自己绑在一支黑羽上，娇小的身体伏在那里，就像黑羽间一枚唯一的白羽。

"我要飞啦！"丹甲展翅而起，扶摇旋转，嫦娥只觉四方倾斜，看见了玉殿连绵的屋顶，起飞的玉台变得越来越小。

嫦娥从没觉得如此痛快过，这可是骑在太阳的背上，在高天俯冲、盘旋、跌落、拔升……没完没了。

丹甲一边飞行表演，一边狂呼乱叫，让嫦娥觉得有些奇怪："太阳哥哥高兴起来，原来可以这样？"只是乌鸦叫起来，不算好听。

"好玩吗？"丹甲大叫。

"哦……好玩。"嫦娥低声回应。

"还玩吗？"

"我要回去了。"

"还回什么？宴会早散了。要不跟我继续玩吧？"

"不……要。"

"今天轮到我出巡，要不你跟我去巡天吧？把四海都逛一遍，那才是大开眼界呢。"丹甲热情似火。

"不好……"

"走吧走吧！以后也不知道何时才能一起玩呢。"丹甲身体一斜，转弯飞去。嫦娥有点儿不知所措，也不知该如何拒绝。内心里对巡天这事的确充满向往，母亲去东海洗月，是从不带她的。

如此向东飞了许久，丹甲开始降落，嫦娥看见一棵巨树，绿荫簇簇，广袤无涯。树冠上停着一架金车，车前驭着一条金色巨龙，金龙的头顶，有女神倚角而立，红袍如血，衣裾翻飞，正是日后羲和。

"小妹妹，你可要藏好呀，我母后很凶的。"

嫦娥吓坏了，在母亲常仪嘴里，羲和可是个可怕又可厌的存在："我……不去了。"

"躲到我的羽毛里，不会被发现的。"丹甲说着落在了金车上。

嫦娥把自己完全伏进黑羽里，有点发抖，模糊听见太阳母子说了几句话，金车就启动了。轰隆隆的轮声，犹如滚雷。

"没事了。"丹甲的声音传来。

嫦娥从黑羽间伸出脑袋，发现那拉车的金龙很大，有几里那么长，要不也拉不动如此巨大的乌鸦吧。而遥遥站在龙头上的羲和，看起来只是一个红点。"真的不会被发现吗？"

"你看，母后在那么远呢。"丹甲笑着，"我的性子就是爱说话,这一路你陪我说说话就好。"

嫦娥不语,她震惊于太阳的出巡是如此壮阔,金龙在前方拱动起伏,云层向两边破开如浪翻滚。丹甲拍展双翅,发出万丈光芒。

丹甲身上发散着热力,半晌不见嫦娥说话,问:"妹妹热吗?"

"不热。"嫦娥缩在羽毛里摇头,她一点不怕这光热,反而觉得很温暖。和他比起来,母亲和月亮哥哥们都太苍白冰冷了。

丹甲听着若有所思,一路上开始为嫦娥指点俯瞰到的万物景象:那是三山,那是四海,那是五湖,那是八荒……一圈转下来,正是人间的一个白昼,金车开始下降,一个巨大的裂谷就像天地的伤口一样展露出来。"那是虞渊,我们太阳落下的地方。"

虞渊越降越深,也越来越暗,连丹甲发出的金光,好像都被吞没了。

"这就是地裂深处的冥界了。前面的路很颠簸,你可要抓好了。"丹甲的声音在地底反射出许多回声，余音不绝，显得诡异。

嫦娥把绑在羽毛上的绫带紧了紧，车果真颠簸起来，五脏六腑都在翻腾。车轮好似一直轧着鬼魂，一路都是凄惨阴森的哭音。不知车轮轧在了什么大物件上，嫦娥被颠飞起来，才发现那支和自己绑在一起的羽毛脱落了。

嫦娥眼见自己脱离了鸦背，在空中本能地抓住了鸦尾，只是那鸦尾的羽毛也触手脱落，嫦娥被甩到了车下。奇异的是嫦娥手里的黑羽瞬间燃烧，化为灰烬飘散。

嫦娥叫了声"哥"却不见丹甲回头，眼见着那巨大的金车，在冥界幽暗的隧道里，转一个弯，留下移动的光影，消失了。

嫦娥又叫了一声"哥"想追出去，但感觉暗处里伸出无数的手，抓住了她的手脚、她的衣服、她的头发……

嫦娥在空荡荡的隧道里惊呼，呼声被鬼哭声压了下去。

第二章

广寒初嫁

九天了，嫦娥在冥界东奔西逃，遇见许多惨烈而怨愤的鬼魂、许多支离破碎却活着的怪兽。嫦娥一直躲到炎火地海上，才摆脱了它们。

但地底的炎火太炽热了，比丹甲的太阳之火还要毒烈。嫦娥已经躲在这里两日了，头发干枯，嘴唇皲裂。

偏这时，地海岩浆翻腾起来，热浪滔天，慢慢拱出一个巨怪，顶着牛角，身上还挂着流泻的岩浆。巨怪慢慢伸出大手，抓向缩在岩壁上的嫦娥。

嫦娥看不清这个巨怪的形象，因为那形体就像流动的火。嫦娥和那哗啵作响燃烧的巨手相比，可能还没有一个指节高。

嫦娥不知道，这个巨怪是远古的火神，叫回禄，远比现今的火神祝融要古老，只是因为变异成了灾凶之神，才被太古大神打入冥界。沉睡的回禄凶神在岩浆底竟然感应到了她的存在，就此醒来了。

嫦娥虽不认得这凶神，但能感觉到地底的炎火又炽热了几倍，她和巨怪之间的实力相差太大了，在巨手触到她的同时，嫦娥只得掩面大叫。

一道白光从嫦娥的身体里发出，比炎火还亮。或者说，炎火骤然暗了下去。

白光过后，一片清凉。

岩浆都凝结为暗色的石头，犹如雕刻的浪花。

回禄巨大的身姿，一半封在岩浆凝固的石头里，再难移动，而伸向嫦娥的手，竟然结满白霜。

远在天上牵着玉蟾的月后常仪，突然看见自己身边的儿子大放光明，比平日要亮几倍……这是有一股太阴之气在某处爆发，竟远比自己的还精纯。

人间正是入夜时分。

被父母遗弃的灾娃，才刚刚睡醒，睁开眼，入目的是枝叶间露出的一弯新月。

灾娃望着那下弦月竟然痴了。

蝉声早歇，只有蟋蟀在叫。

新月突然光明得有些刺眼，竟然比白昼还亮。灾娃尽力向天空伸手，想抓住那新月，月光从指缝里流出来，他却已泪流满面。潮汐在远方的四海涌动，朝着新月翻腾，想靠得更近一点。

巫师说的没错，灾娃不同于常人。他的身体里有个古老的灵魂，于今日被异常闪耀的新月唤醒。那古老的西方魂魄，正是西方之主少昊的儿子，叫"般"，一个曾在天地间最早发明了弓箭的神祇。

灾娃眼里映着那弯月，多像一张拉满的弓。灾娃一骨碌爬上树巅，搓藤皮为绳，折硬枝缚住两头，制了一张弓，在弯月下拉开，有着同样优美的弧度，指着东方。

灾娃就这样在山林里，自己长大了。

凭着天生就会制作弓箭的本领，灾娃把射术训练到了有天地以来前所未有的地步，轻易地成为了森林之王。

二十岁那天，森林之王似乎在森林里感到了厌倦，追忆起了他的人类童年，那其中还残存着温馨，不知为何，今日不停地在心中萌动。只披着兽皮、裸露着大半健美身体的灾娃，站在巨树之巅，将一支箭举在高空，仰首对天呼喊：

"我要回——家——啦，我将向天边射箭，此箭将落在我家的门前！"

灾娃在树冠上引弓满月，一箭发出，若流星划过，而灾娃在后面跟着——在枝头间奔突纵跃，速度竟不弱于飞矢。

那支箭破开雾霭，越过森林，所经之地，百兽低伏不敢稍动，群鸟惊飞四散。箭随着一个弧线轨迹渐渐坠低，贴地而飞，长草被箭气割断，向两边倒伏，划出一条小路来……砰的一声扎在一扇残破的柴门上，箭羽不停地抖动。

这一箭是非凡能力的觉醒。这是法则之箭，或是箭之法则——不仅能射中看见的目标，还能射中想象的鹄——箭随意发，发在意先。

柴门被推开，房屋荒废很久了。这里是灾娃出生的地方，父母早已不见踪迹。但刚才的一箭，已感天动地，惊动了头上最高的存在——帝俊。帝俊在高天上感应到一个全新的、拥有强大力量的神祇在大地上出现。

灾娃忽然听见仙乐飘飘，一只青鸾缓缓落下，背上跳下两个面目奇怪的神，正是千里眼和顺风耳，竟齐齐向他行礼。

随着青鸾，灾娃被带到了天庭上，见到俊逸无双的天帝，他几乎说不出话来。

"你叫什么名字？"帝俊的声音很柔和，却不失威严。

灾娃茫然摇头："没有名字。"

"了不得……你的射术了不得。"帝俊盯了灾娃半天，"我给你取个名字吧？你以后就叫羿。"

"羿？"

"你看这个羿字，就是手把握着羽箭的方向。"帝俊突然把声音提高，就连不在殿里的众神也能在心里听到，"以后，这个名字，不论天上地下，不论千秋万代，都会被射者奉在头顶。自今日起，你——羿，便是我的射神，也是猎神！位于上神之列。"

天庭震动，一个出生在地面的人类，就因为善射箭被直接封为了上神!这还不是最惊人的,帝俊竟然宣布,将自己与月后的女儿嫦娥许配给羿。

简直是出道即巅峰!大家出于对新生上神——帝俊女婿的尊重,从此管羿叫"大羿"。

但大羿与嫦娥举办婚礼那日,并没有什么热闹的仪式,大羿只是拜了帝俊和月后,就被领到月后的宫殿群里,其中一间便是洞房了。当然有聪明的神祇在暗地里猜测,这是帝俊在平息若干年前"日月争辉"的余波。

那年,嫦娥无端失踪了九日,最后在冥府爆发出了惊人饱满的太阴之气,让整个天地都感到了异常。

月后由此知道了女儿的位置,她赶到冥界发现女儿已奄奄一息,而被封冻的回禄凶神已经重新烧化了岩石,几乎破"壳"而出了。千钧一发之际,月后抱着女儿逃离了冥界。

在天界,月后一改低调冷淡的性子,直接去找丹甲算账,当然被回护的日后拦住,太阴之气与太阳之气碰撞,天宫都震荡了。自然也惊动了帝俊。

丹甲当然不承认，说那天诸神都看见了，我就是带着嫦娥妹妹在紫微宫上空飞，后来到了我巡游的时间，我就把嫦娥妹妹放下了。

月后森然道："那你说，娥儿怎么去到了冥界？"

"我们也奇怪啊。"日后一脸无辜。

"若没有你主神的金车，上神中也没有谁能进入冥界吧？"

"说的也是。"日后做出思考状，"想必是嫦娥这孩子贪玩，悄悄地躲在了我的金车上……而我也忙着驾龙，不曾发现……要不，我给你赔个不是？是我失察了。甲儿肯定也不知道，甲儿一直说，他很喜欢这个妹妹呢，不可能由着她冒险……"

在帝俊面前，月后也不可能再动手，愤然拂袖而去。

嫦娥醒来时，还是惊恐万状，那九天的冥府经历，还有最后因惊恐爆发了潜力，让她在精神和身体上都受了重创。月后唯一的女儿，本来拥有比月后更精纯的太阴之力，是理所当然的未来主神，如今却灵脉破碎，只算个半残多病的女神了。

这些大羿都不知道,他高高兴兴地成了神、上了天、入了赘,一切恍若梦境。而美梦还没有完,当他在洞房里揭开盖头的那一瞬间,觉得被一股魔力握住,动弹不得。他好像看见了一轮明月从乌云后托出……那是一张玉雕般的侧脸,只有十六七岁的少女模样,睫毛很长,眼眸像荡漾着暗青色的湖水,又把迷离的光影映在半个屋子的墙上。大羿觉得整个房间包括自己都淹在嫦娥潋滟的眼波里,但自己却不想上岸,直至没顶。大羿忽有种重生的感觉,似曾相识,那是他五岁时,看见那弯奇异新月时的感受。

嫦娥一点也不喜欢大羿。

她浑浑噩噩地嫁了人,也无所谓。反正自己是个灵脉半废的神。

但她第一眼看见这个所谓的丈夫,从他眼里读到了热情,那是种躁动无礼的东西,就像她极度厌恶的同父异母的乌鸦哥哥们。

嫦娥把脸别开,像鱼儿一样从大羿手里轻巧无声地滑走躲到床角去,背对着自己陌生的丈夫。大羿手足无措地看着她,他从未和看起来如此易碎的生物打过交道,除了满心喜爱地看着毫无办法——但那热情却是叫嫦娥恐惧的根源。

两个人毫无头绪地僵持着,半晌,大羿的肚子忽然咕噜响了一声,嫦娥一脸惊愕地回过头来,天神耳中何曾听过这样粗俗的声响,她睁圆了眼睛瞪着大羿。大羿红着脸挠了挠头:"方才高兴得只是喝酒,现在倒饿了,"他歪头笑着看着嫦娥,"吓着你了吗?"

嫦娥回过神来,心里不太明白什么是饿,怎么就没忍住去瞧了这野人一眼,她一甩袖子又背过脸去不说话了。

大羿尴尬地笑笑,也不去勉强她,自己便倒头在那张大床的另一半上睡了。

待大羿鼾声大作的时候,嫦娥才敢回过身来仔细地看他。这个男人是多么吵闹啊,醒着的时候说话声音那样大，连五脏六腑都比别人聒噪，睡着了也有法子叫别人睡不着……怎么会有这样的人！嫦娥默默地想着，慢慢地竟在那粗野得令人难以忍受的动静里睡着了。

大羿在下界有十五年的时间独自与森林里的走兽飞禽为伍，那时没有一个人跟他说话，所以他也没那么爱说话，夫妻两个就这么默默相处。

大羿不着急，因为那要命的第一眼，就让大羿爱上了嫦娥。

他觉得自己很幸福。虽然嫦娥性子有些奇怪，清冷而难以琢磨，就像一个冰娃娃，总是神情恍惚地沉浸在自己缥缈而忧郁的情绪之中，但你若是靠近她，她又紧张敏捷得像只小兔子，转眼便逃得远远的，仿佛一早便料到大羿的行为。

大羿觉得无所谓——他是天生的猎手，觉得猎物要拼命逃走乃是天理，但世上没有他无法捕捉到的目标也是天理。他看着妻子逃开的背影时，脸上都是笑着的，她一颦一笑，无一刻不美，无一刻不让他觉得亲切熟悉，好像很久以前便相识似的。

只是妻子的身子有病，夜里常会从噩梦里惊醒发抖，白日里有半天要由月后及十二个玉蟾结阵为她疗伤治病。

天神竟也会生病吗？大羿不是很明白，妻子的病痛他瞧在眼里很是心焦，却也无计可施，每次丈母娘带着大舅子们过来，他便成了那家里的透明人，无人理睬，亦无事可做。时间一长他就离开那里四处游走，时不时会有神对他侧目，也有和他打招呼的，他偶尔和他们聊一聊，如此也交下几个朋友。

处得最好的是太白金星。

太白金星喜欢酒，总是亮着一个红鼻头，揪着大羿喝酒，他乘着酒兴问大羿："新婚的感觉挺好吧？"

"好。"大羿恍惚想着妻子光洁如月的脸。

"能不好吗？"太白金星眯着眼，"嫦娥小姑娘是咱们天界公认的第一美人。哦，不能再说姑娘了。"

"就是她……老不说话。"心里还想说，她一天到晚，总是紧张兮兮的样子。

"还没好吗？她小时候可是很灵动的，就是那年受了太大的惊吓。"

"什么惊吓？"

"你不知道吗？"太白金星带着酒意把那场风波详细地说了一遍，最后感叹，"虽是受了惊吓，但小姑娘那日的太阴之气爆发，震撼了天地，月亮一下夺了太阳的光辉，潮汐上升了十几丈……好些日子才退去。只是自那以后，她便像损了魂魄，再也不怎么说话了。"

"那个丹甲就一点事都没有了？"大羿听着很心疼，不免激愤起来。

"各执一词还能怎么办呢？"太白金星好似醉了，"虽然你家嫦娥算是……废了，可不是招了你来吗？帝俊陛下也算给月后一个交代，不能老由着那边一家嚣张了。"

金乌太阳们，凭着帝子身份，隐隐成了上神之首，跳跃鼓噪的性格愈发显得跋扈，连太白金星这些上神同僚，也受不了了。"你小心点，"太白金星凑到了大羿的耳边，"你这般横空出世，定是那帮乌鸦的眼中钉。"

大羿并不确定自己是不是太阳们的眼中钉，但从这一日起，对方反成了自己的肉中刺，想起来都消化不良。

过了些时日，太白金星过生日，约了与自己交好的神祇庆贺一下，都是些好酒的，在宴席上好不热闹。众人正到微醺之时，却听见一个沙哑的声音大叫：

"启明老家伙，过生日也不叫我？"堂外走进一个金甲黑面鸟嘴的神将。

"哎哟，"太白金星迎了上去，"丹丁上神！我们只是私自小聚，哪敢劳烦诸位殿下？殿下们不都在扶桑吗？"

"今儿个正好轮到我有差事来殿前，就顺便过来凑个热闹。"丹丁看起来与他的大哥丹甲没什么不同，只是更显魁梧些。

"蓬荜生辉，荣幸荣幸。"太白金星把丹丁引到上座。

大羿在一边冷眼旁观，心道原来是那十只乌鸦（丹甲、丹乙、丹丙、丹丁……一直到丹癸）中的老四。

丹丁入座，众人皆起身举酒致礼，只有一人岿然不动。丹丁颇感不快，偏又不认识，不知是哪家的小神，便径自走过去。太白金星急忙跟上介绍："这位是大羿上神。"

"我道是谁？"丹丁大笑起来，其声喑哑，若金属摩擦，"原来是妹夫啊。"

大羿嗯了一声，不再理会。

丹丁有些恼怒，依旧笑道："你是新晋的射神，还有猎神……衔头再多，也还是司神的功能，但你……却位列上神，知道为什么吗？"

大羿摇头。

"因为你嫁给了我妹妹。"丹丁故意把"嫁"字拖得很长。

大羿诚恳地点头。

丹丁有点诧异，太白金星来打圆场："殿下既然来了，不如一起玩点游戏，祝个酒兴？"

"好呀，"丹丁拍手道，"既然射神在场，我们就玩以箭投壶。"说罢盯着大羿。

"好呀。"太白金星抚掌，立刻差属下小神准备箭羽与立壶。

大羿茫然摇头："不懂。"

丹丁嗤笑一声："那你懂什么？"

"射鸟。"

众神皆无声。丹丁强压怒火，转头对众人笑："算了，射神从下界人间出生，自然什么都没见过。"

"嗯，"不想大羿又诚恳点头，"头一回。"

"什么头一回？"丹丁奇道。

"头一回见鸟人。"

众神中终有憋不住的，笑出声来。

丹丁大怒，劈手把酒盅砸过去，被大羿稳稳接住。丹丁一脚踢翻了大羿身前的酒桌："你信不信我叫你见不到明天的太阳？"他身上金光外露，周边诸神只觉得热浪滚滚。

"我明天本就不想见你。"大羿起身便向外走，对太白金星点头告辞，"老金，我先走了。"

丹丁何时受过这等轻视，拔出佩剑，带着烈阳之火，直刺大羿的后心，竟像是要取大羿的性命。

"殿下不可！"太白金星大叫，却也不敢上去阻拦。

大羿闪到一边，加快步伐，只想快些离去，却被丹丁一个火球，打在门前，爆出一面火墙将去路封住。

"一个下界的贱种，还敢辱我！"丹丁剑气纵横，招招狠辣，毫不留情，嘴里不停地大呼小叫，"来呀来呀……贱种……"

大羿毕竟是来喝酒的，没带什么兵器，被丹丁追砍得满堂乱转，被剑身发出的烈阳之火炙烤得难受，更恼火的是乌鸦扰人的辱骂和挑衅。忽看见投壶里的几支箭羽，一把抄在手上，猛地回手一甩，箭如激射。

丹丁回剑舞动，削断箭羽，嘴里兀自骂着："来啊，贱……"

叫声戛然而止。

原来大羿乘着丹丁削那几支箭的工夫，起身而上，将手里藏的一支，深深插进了丹丁的鸟嘴里。

"来了,箭。"大羿面无表情,一松手,丹丁直挺挺地摔在地上。

大羿径直向门外走,也不回头,只单手举起摆了摆,算是向太白金星告别。

太白金星追在后面叫:"你赶快回到月后那……"见人已远了,才回头对着惊呆的众神喊:"快抬殿下去就医。"

月后的宫殿在天庭偏西一隘的浮陆,清冷如旧。

月后背着手站在大殿的屋脊上,望着东边一个遥远浮陆的影子。"快来了……等那个婆娘驾车巡游完,就会闹过来了。"

大羿无声地站在殿下,抬头看着屋顶白衣胜雪的岳母,完全看不出她的喜怒哀乐。

"伤得狠吗?"

"起码以后没机会聒噪了。"大羿仰头回答。

"那天庭也算安静了十分之一……在他们来之前,我就带蟾儿去东海啦,且晾晾他们。"月后竟似嘉许地看了女婿一眼,"这事或要闹段日子,你就不要待在这里了,去躲躲。"

"啊?"大羿吃了一惊。

"带上娥儿。她也调理得久了,最该去散散心,你带她去人间走走吧。"说罢,身影幻化不见。

大羿做神还没做出趣味来,的确颇想念下界,兴冲冲地赶回府邸,却发现日后属下的几个小神围在门口,显然是来找他麻烦的,并等着日后的到来。

日后那边的人都是极阳体质,看见他回来呼啦啦全围了上来,大羿却担心他们影响妻子极阴的病体,于是赶远了那些人,对着屋里喊道:"我回来了,你没事吧?"

之前不管外人如何喊叫都没有反应的嫦娥,听见丈夫的声音竟翩然出现,与平常不同的是,她看着大羿,脸上竟也没有以往的紧张。

她的绝世容光在长大后便从未绽放过,这份美丽连存心找茬的人都被震慑住了，远远见到嫦娥，都不自觉地或低头或转身看向别处，全然不敢正视她的光彩。

然而嫦娥和大羿一样，眼里并没有别人，她一出现，目光便牢牢定在自己丈夫身上。她已听说了大羿的所为，令她感到前所未有的解脱，即使只惩戒了丹丁。在冥界的九天，她其实每日都会按时到金车隧道去拦车，希望被金车带走，依次遇见了丹甲后的八个兄弟，除了最小的丹癸没有见到。他们都装作没有看见她，由着她在车后追逐嘶喊，扬长而去……

"原来这便是我的丈夫，"她心里想，眼神里有不自知的骄傲，"只有他敢反击那些乌鸦。"她张了张嘴，但她太久没说话了，最终也没能发出声音来。

大羿痴痴地瞧着她："你想说什么？"他兴奋得像个孩子。身为射神，他从未恐惧过世间任何一样兵器，但妻子却总是教他有些慌张，怕她不知怎么一闪眼就会恍惚地神游到什么地方去，直至今日，他才确凿地知道妻子的目光是在看着自己的，并且从今往后她都会一直看着自己，就像月光永远会照着大地一样。

"我带你回家吧，人间的家。"大羿伸出手。

嫦娥其实有点蒙，只怔怔地看着。

大羿笑着上前一步把妻子扛在肩头，他的妻子比柳枝还要柔顺，一言不发地伏在他背上，仿佛自己天生就该在那里。

两个人就这样从天界浮陆上一跃而下，没有人敢阻拦他们。

第三章

彤弓素矰

大羿扛着妻子落在了早已破败的、他童年的茅屋旁，藤蔓已经干枯，缠绕在柴门上钉着的那支旧箭上。

周遭一片荒芜，没有人迹。嫦娥看着丈夫在荒芜的茅屋内外忙碌和收捡，心道，原来人间是这般破败的。

"其实，以前这里很美的，有稻田，有花……还有蝉叫。"大羿不知道，这片迁走的村庄，其实跟他有关。他在森林里称王时，驱逐出许多恶兽，扰乱了周边。

这时太阳从一大朵云后冒出来，把两个人的影子投在地上。嫦娥始料未及，没想到人间是抬头就能看见太阳的，顿时有些心慌起来。

"别怕，这畜生离地面远着呢，看不见我们。"大羿慢慢将妻子抱进了茅屋内，安慰道。大羿倚在门边，抬头凝视着太阳："不知是不是丹甲？可惜了，那日遇见的是丹丁，不然可不止是鸟嘴，连鸟眼也要挖掉！"他说得咬牙切齿。

嫦娥听着这恶言心里却生出快意。夫妻俩就这样在这茅屋里住下。

嫦娥发现大地广阔，原野起伏延绵无尽，不似天上都是些分离散布的浮陆。大羿会背着她在沃野间行走，将野花扎成花环戴在她头上。领她到森林里，看他当年住的树屋。森林里的鹿马猴猿、熊罴虎豹、百兽百鸟都来迎接，簇拥着它们曾经的王和现在的王后。

这样的生活，真教两人几乎忘却了天上的烦忧。

天上的烦忧没完没了。日后天天去找月后的麻烦，扑空了几次，总算堵到了一回，月后一脸的不以为意，淡然说小孩子闹腾各有说法，我们大人就不要认真了……又没有死人……什么？要两边对质？你来晚了，女儿女婿出去仙游了，去哪儿了？不知道呀，都长大了，由着他们去吧，待回来再说吧。日后觉得自己当年的话好似都被还了回来。这段日子，日后专心蹲守月后，没再亲自带太阳巡游，由着儿子们自己轮着驾车出去，倒也没出什么状况。

日后想想也是，孩子大了，可以独立执行神职，自己倒该多些时间黏着帝俊，如此才能压倒月后。

乌鸦们可不觉得如此，他们只觉得受了天大的欺辱，母后却不能讨回什么公道，每日聚在扶桑树上，指天骂地，连母后都怨毒上了。

这日丹丁伤好回到了扶桑，但连"啊啊"叫都不行了，成了哑巴。乌鸦们更加激愤，大哥丹甲跟弟弟们说："母后不帮我们，我们自己不能去报仇吗？"

"可是，"丹乙道，"那贱种带着嫦娥躲起来了。"

"他们多半已不在天界。"最机灵的丹辛说，"那贱种来自人间，现在应该就躲在地上的某处。"

"那就把他们从地面上翻出来！"丹甲咬牙切齿。

"地界广大，我们巡天路径固定，必有些死角照耀不到，如何找寻？"

"反正母后也不管我们，明日我们十个全去，无需按着轨道，各自寻找，还怕找不到？"

"若他们混在地面生灵之间，也不好分辨呀？"

"什么生灵，就是些下界的蝼蚁。等我们烧光了蝼蚁，他们自然就藏不住了！"丹甲的面目狰狞起来。

"母后一定会怪罪的！只怕……陛下也……"最小的丹癸试图劝解。

"你怕就别来！"丹甲怒斥，"贱种就是个外人，等我们报了仇，再去陛下那儿请罪。"

于是，第二日一早，十个太阳一窝蜂地上了金车，从扶桑出发了，冒出日头，就各自离车，在天上乱窜，搜寻大羿夫妇。上界过于高远，并没有感到异同，下界人间却是天翻地覆。十个太阳每日并出，且脱轨乱走，忽远忽近忽高忽低，热力是平常的十倍还不止，几日下来，雪山消融、江河横流，随后却是稻穑干枯、湖海低垂，不久又山火延绵、烟尘蔽日。更严重的是，大地阴阳失和，原来蛰伏沉睡在山水深处的上古凶兽，纷纷醒来，出没在已令它们陌生的人间。

当时人间的各部盟主是伟大的尧，被奉为天子。天子是能与天界沟通的。面对自然界惨烈的局面，刻不容缓，尧启动了繁复的祭天仪式，艰难地向帝俊传递了下界的灾情。

帝俊对太阳们的肆意胡闹，的确有些生气，直接责问日后羲和，说："管好你的宝贝儿子，管不好，你就天天押着他们去巡天，别整日来我面前争风吃醋。"更急迫的是凶兽每日都在大地上伤人。上古的凶兽可不是一般的神能降服的。帝俊拍着头费神思量，派谁去好呢？

却说日后气急败坏，赶到扶桑守着，等着儿子们回来。

奇怪的是，太阳们落山，并没有回到扶桑树上。丹甲不傻，他知道十兄弟并出的寻仇行动一旦开始，必然会被母后追索，怎么能回到扶桑自投罗网呢？他们早就熟悉了冥界的复杂地形——分为九泉：酆泉藏天魔；衙泉藏不职典祠；黄泉藏山魈精魅；寒泉藏江湖水怪；阴泉藏邪神；幽泉藏山林毒恶；下泉藏僵尸；苦泉藏逆鬼；溟泉藏刑亡横死之魂……只要不去招惹烛九阴和回禄这样的巨兽凶神，也不去酆泉和阴泉，其他地方尽可躲藏过夜。十兄弟就和所有离家出走的顽皮孩子一样，和母亲玩着捉迷藏的游戏，成心叫日后着急上火。

十个太阳天天在头上乱走，大羿也感到疑惑，这群乌鸦疯了不成？

嫦娥吓坏了，她觉得头上十个所谓的哥哥，是冲她来的。十个中起码九个曾经希望她死。自从到了人间，那些缠绕了自己半生的梦魇本都在慢慢消失，如今却全都回来了。她躲在阳光照不进的小屋里瑟瑟发抖，连窗户都让丈夫用树枝密密地封上，她的肌肤愈发苍白冰凉，刚有些起色的身体又回到从前那虚弱的样子。

大羿搂着妻子，焦躁而绝望，揪心这寒玉般的躯体要如何才能焐热呢。胸膛里却有看不见的火焰在燃烧，甚至比至阳之火还要炽热！只因并非一母所出，就连嫦娥在人间的立足之地都要夺走吗？只要嫦娥出现，连最羞涩的鸟儿都会为她唱歌，那样美好的图景，难道以后就再也看不到了吗？

这时外面响起了叩门声，突然来了访客。访客是两老一少，就像凭空冒出来的。为首的大羿认识，不正是太白金星吗？

"老金，是你？"大羿奇道。

太白金星苦笑："多亏千里眼和顺风耳指点，我才找到了你。"

"找我作甚？"

"是帝俊陛下找你。"

大羿黯然："我随你回去领罚便是。"一指柴门，"容我先将她送回月后那里。"

太白金星神秘一笑："你真不了解陛下。俗话说，不哑不聋，不做家翁。在陛下眼里，自家孩子打架，不出大事就行，偏向谁都不好。"说着一指头顶，"不过想不到殿下们接着胡闹，只怕要被狠打屁股了。"

"他们这是要干吗？"

"你不知道吗？找你算账呀。他们这回脸丢大了，一直自认为是上神之首，被你一只手就打趴一个。依我看，他们不乌泱泱地凑够十个，根本不敢来找你。"

"你是来拉架的？"

"拉架哪轮得到我？那是日后娘娘的事。我是奉陛下之命，协助你剿杀地面上作乱的上古凶兽。"

"杀凶兽？我？"

"你不知道你如今在天上很红吗？大家议论个没完，说难怪封你做上神，难怪会把嫦娥公主嫁给你……这样的战力，封战神都不为过。只是上界早就没有战神这个衔头了。"

"为什么没有战神？"大羿好奇道。"这是个……禁忌，上古蚩尤之后，再无战神。"太白金星不想再谈这个话题，忽把身后的一个包袱解开，抬起一张朱红色的雕弓，嘴里郑重道，"射神接弓！"

大羿顿时感到长弓杀气凛冽，知是帝俊所赐，躬身双手接过。"此弓乃陛下的驾舆赤龙所化，称彤弓。"太白金星又捧起一箭囊的羽箭，"射神接箭！"

大羿看见那一排箭羽，洁白无瑕，灵光流动。

"十支神箭由陛下所倚的玉色凤凰的尾羽所化，称素矰。陛下说，下界多艰，望此等神器，可助射神声威，一举荡平人间灾祸。"

"谨遵帝命。"

接收仪式做完，大羿才留意了一下太白金星身后的两人。触目的那位又高又瘦，头顶玉冠，束着一头的银发。虽是凡人，身上却笼着高贵的半神气息。

"他便是人间天子——尧。"太白金星介绍。

尧向大羿致礼："有劳上神垂鉴人间。"

大羿颇觉亲近："我就是人间出世的，为人间出力当是本分。"

"上神来自人间？"尧的眸子亮了起来。

大羿一指身后的茅庐："我就出生在这里。只是……归来父母已然不见，整个村庄都迁徙走了……"

"上神放心。为上神寻访人间父母的事，就包在我身上。"尧再次躬身，"只求上神为人间除害。"

大羿不善礼节，拍了拍尧的肩，从尧的肩后，看清楚了那个少年，不过十五六岁，头上戴着鹰翅的长羽，脖子上挂着兽牙串成的骨链。大羿的目光在那少年脸上停了一下，看见了一双鹰一般的瞳仁。

"他叫逢蒙，是人间供奉我的巫师。"太白金星介绍。

"哦，"大羿知道，巫师相当于神的仆人，"我怎么没有巫师？"

"你新来乍到，人间还不知道你呢。别急，会有的。我们这就走吧？"

"这就催了？"大羿转身进屋拍了拍妻子冰凉的脸，说明了原委，"跟我一起去吧？"

嫦娥坚定地摇头，绝不踏出草庐半步。大羿无奈，只好说："等我，我很久没有打猎了。"说罢，推开了门。

但嫦娥伸手钩住了他的衣襟。大羿惊愕地回头，这是妻子第一次主动对他有所求，他大喜过望，脸都红了："怎么？舍不得？"嫦娥还是不说话，白玉一样的手指在大羿的胸膛上点了一下，随即就把他推开，自己飘然回到阳光照不进的阴影里。一股沁人心脾的阴凉气息缠上大羿的心脏，让他在十日当空的燥热里能守住一片清静。

"等着我！"他对着那永不会回应的阴影里的妻子喊道，"我会把胜利送给你！"安置好妻子，烦请相送的尧多加照顾，大羿便带着太白金星及其专属巫师逢蒙，行走在残破干裂的土地上。

第四章

诛杀妖兽

太白金星带着他的酒葫芦，路上也不忘呷几口，鼻头又糟又红。

大羿觉得这样打杀的活儿，实在不该摊到一个爱喝酒好脾气的老头身上。"灭上古凶兽的事，怎么会派你老金来？"

"这本就该是我的事，"太白金星一脸无奈，"我其实……是个武神。你笑什么，不像吗？"

小巫师逢蒙插嘴捍卫道："我家太白上神是专主杀伐的。"

"听到了吧？只是此次凶兽过多又过于暴虐，我对付不过来。"

大羿愣了半晌："都是什么凶兽？"

"我们现在追索的是个专吃人的怪物，是从神秘之地昆仑那边跑出来的，叫凿齿。"

大羿三人一路朝南，发现赤野千里，村破庄残，沿路血迹斑斑，惨剧连连，甚至看见了一支全军覆没的人类军队……这些都是凿齿的手笔。

大羿发挥了狩猎之神的本能，循踪追去，直到畴华之野，才在黄昏时追到凶兽。

凶兽独自一人坐在荒野里，望着如血的残阳。那个燃烧的火球里有令它暴躁的东西，逼着它一直要追逐着看。这令它的眼睛瞎了，它并不知道自己一路横冲直撞都做下什么样的恶，只是一味地跑，直到太阳从耀眼的白炽球变成了地平线上橙红色的蛋黄，它终于得以休整。

它将自己四丈长的长矛随手插在地上，跟身体一样高大的盾牌则靠在腿边，那些令血液都沸腾起来的恶意正在慢慢平息，然而，它连日来第一次感受到有风吹过，带来的却是一股让它战栗的杀意。

大羿朝它走了过来。

大羿没想到凿齿是长成人形的凶兽，戒备之心也随之高涨，距离凿齿还有二百步的时候他就拿起了弓。

射神的弓上箭意可以直达天听，自然也会被凶兽感知。大羿手指碰到弓的那一瞬间凿齿就站了起来，它本能地瑟缩，方才还在翻滚的热血转眼几乎冻结，它慢慢躲到盾牌后面。

大羿一箭射出，箭矢呼啸而出，但碰到盾牌的瞬间就消失了，逢蒙跟在大羿的后面，忍不住惊呼出声。

大羿伸手对着他压了压，示意他噤声。

一行人越走越近，但凿齿再也没有从盾牌后面站起来。走到只剩十步远的时候，逢蒙终于按捺不住好奇心，一口气跑到盾牌后面一看：凶兽只剩下一颗头颅以及满地的碎肉，那兽首下颚宽阔且凸，嘴角上挑出两根长长的獠牙，故此名"凿齿"。

他蹲下，于血肉中捡起那支箭，这才发现凶兽的盾上画着一张饕餮的脸，脸上的眼睛是两个小孔，大羿射出的箭，就是穿过那个小孔射中了凿齿。

逢蒙一脸震惊与憧憬，这就是射神吗？他膝盖一软跪在地上，刚好就是大羿走来的方向，他双手捧箭，毕恭毕敬地把箭递了上去。

大羿却没有接箭，细细打量着逢蒙的手，忽然道："你想学箭吗？"

逢蒙抬起头来，眼里的狂热掩饰不住，但还是回头看了眼太白金星。

大羿笑笑，转头望向太白金星："他有一双射师的眼睛，也有一双射师的手。"

"跟我抢人吗？"太白金星大笑，"反正我香火很旺的，可不止他一个巫师。罢了，逢蒙你以后供奉大羿上神吧，这样你就是射神在人间的第一个代言者了。"

逢蒙毫不犹豫，发誓愿一生都追随和供奉射神。

大羿好像没那么在意自己有了个专属巫师，在树林里就地取材，做了两副弓箭，与逢蒙一人一副（帝俊所赐的彤弓素箭可不适合做教学示范），一路上认真教授起箭法来。逢蒙果真天赋异禀，没几日便可射中天空中的飞鸟。

太白金星得到了头上千里眼和顺风耳的神秘传信，

说祭坛桑林，正在遭受浩劫。

大羿彼时正跟着逢蒙做手工呢。他自幼独居，除了武器没做过别的东西，但狩猎的人要背离自己的家乡，他的心却牵挂着家里的人，看见逢蒙脖子上挂的骨链，他心里一动，奔回射杀凿齿的现场，将那两根冲天的獠牙摘下来带在身边，对逢蒙说："我想弄个你身上挂的那玩意儿。"

太白过来通知他俩的时候，大羿正热火朝天地把折断的獠牙打磨成小小的光滑圆润的饰物，逢蒙在旁边替他搓揉一张兽皮，太白金星敲门他俩都没有听见。

"你们的手是用来做这个的吗？"太白金星没好气道，"快跟我走吧！桑林那边又有祸害了！"

顾名思义，桑林是一大片由桑树组成的森林，中心处有一祭台，是历代人类巫师沟通风雨司神的地方，堪称祈雨的圣地。

三人赶到时，所见之处已经树木倒伏，地面沟壑纵横，翻开的土地裂缝又深又宽，不用神力竟然无法一跃而过。

上方远远有人的叫声传来，大羿抬头一看，也不搭弓，直接从箭囊里抽出一支箭徒手掷了出去。

"啊——啊——啊——"惨叫着的人影被大羿掷出的箭生生止住了下坠的趋势，眨眼间被钉在了一根残存一半的大树上。太白和逢蒙看过去，那支箭贴着人的肩膀穿透了他的领子，等于从空中把人挂到了树上。

那凡人浑身浴血，惊魂未定，叫得嗓子都哑了。

太白是三人之中生得最为面善的，于是主动上前问道："别喊了，前面是怎么回事？"

凡人惊恐又愤怒地叫道："雨兽疯了！因为老天不下雨，它就疯了！山一样大的野猪，把桑林里祈雨的巫师们全杀了……为什么会这样……天不下雨，难道是人的错吗？"

逢蒙听着他的话，面露同情之色，于是走过去想把箭拔下来把人放了，这样像个物件似的挂在树上，总是有些不庄重。

但那支箭像是生了根一样纹丝不动，逢蒙这才知道射神的箭都是认主的，若没得到射神的许可，根本拔不下来。他心里又有些惊骇，愈发觉得自己新供奉的大羿实在深不可测，但之前大羿却像个孩子似的闹着做配饰，着实让人不明白。

大羿倒不笑话他，走过来伸手把箭轻轻一摘，拍了拍那凡人的肩头，凛然道："逃去吧！"他的声音突然变得辽远而冷峻，目光也不似在望着人间，"它来了。"

是疯了的雨兽感应到大羿出手的战意，冲着这边来了。

那确实是像座山一样大小的野猪，在滚滚烟尘里几乎分不清哪是头哪是尾，只见怒张的鬃毛坚硬如枪，把围捕它的人群投掷过来的武器都挡了下来，来不及躲避的人，便被野猪的獠牙挑到半空，眼看都要没命了。

大羿拉着逢蒙几个闪身跳上断树的顶端，大喊了一声："老金！"

太白金星朗声道："这厮叫作封豨，本是淤水里通雨的灵兽，你们看见它血红的双眼了吗！那是唯一的破绽，射那儿！"说罢，他吹出一口气，漫天的烟尘里忽然出现一片清明之地，封豨迸血的双眼清晰地出现，在它高速横冲直撞的轨迹里划出两道残影。

大羿跟逢蒙对视一下："等会儿你射左眼。"大羿先出手，没有用神器，而是选了普通箭矢激射而出，正中封豨凸出来的鼻头肉，那是它全身唯一没有被鬃毛覆盖的地方。

封豨鼻子中箭，当即痛得仰天长号，脚下全力朝那棵断树撞了过来。大羿和逢蒙高高跃起，本来就断了一半的大树再次被封豨撞断，刚被太白金星施法的烟尘又聚拢起来，在即将阻挡师徒二人视线的时候，大羿高喊一声："射！"主仆二人的箭双双离弦，破空的呼啸之后是箭矢入肉的令人牙酸的声音。

巨兽终于轰然倒地。大羿和逢蒙也轻巧地落在地面上。

四周被折磨得疲惫不堪的人们欢呼起来，三人在鼎沸的人声里去查看封豨的尸体。两支箭分别插在它的两个眼窝里,逢蒙的箭将左眼珠击得稀碎。

而大羿的箭贴着封豨眼珠与眼皮之间的缝隙直插进巨兽的大脑,这才是要了它命的一箭。太白金星叹道:"果然只有你才是射神啊,大羿。这血眼珠凝了它的精血,定是上好的法器。"

逢蒙为这巨大的差距而战栗。他苦练这么久,连太白金星都讶异于他进步的速度,大羿也说过他的眼睛生来便应该射箭,但即便已经是百步穿杨的神射手,在射神面前仍旧显得平庸。他冲上去取出那粒完整无损的眼球,托到大羿面前,朗声唱颂:"射神!大羿!"

周围的人群也被他所感染,起初只有很小的声音,慢慢变得越来越大:"射神!大羿!大羿!"

大羿没有见过这样的阵仗,他有点腼腆地接过那颗眼珠,掌中鲜血的热度和人心的热度,令他的心也鼓噪起来。他握着那眼珠高举过头顶,面向家乡的方向大声喊道:"打完了我就回家!"

"打完了我就回家!"众人跟着一起喊道,他们激昂而肃穆,身心投入。唯有太白金星不为人察觉地皱了皱眉。

像是为了回应大羿的呼喊,在已经干燥如烈焰的空气中,忽然不知从哪里吹来一阵细微的凉风,如同女子的呢喃一般吹过脸颊又消失了。大羿猛然回头,他虽从未听见过,却觉得那就是妻子的声音。

嫦娥正在经历她自己的试炼。

十日凌空的人间唤醒了她在冥府的记忆,吸一口气都觉得是刀子在五脏六腑里切割。然而又有些不一样,因为人间不止她一个人。

大羿在的时候,他总是占着她全部的精力。他已经是上神了,不会饥饿,也不容易感到疲累,但大羿坚持日日摘来新鲜的野果,将抓来的兔子或者山羊烤得香飘十里,然后招待逃难的凡人。

嫦娥倚门坐着,看不懂他们的笑,但她很快就习惯了,出嫁之前母亲曾捧着她的脸说:"过日子就是习惯了。"

大羿走了之后,她本以为自己的生活会重回安静,但人间始终在她的意料之外。十日齐出的酷热里仍有吵闹的鸡鸣从窗外传来，逃难的妇孺会聚集在茅屋的附近。因为人们发现，以茅屋为中心，方圆一里，气温骤降，有难得的清凉。

嫦娥听见女人们唱着歌从她家门口走过，想念起自己出门远征的丈夫：

日头出了男人走
日头不落人不归
何不归，何不归
芦花满天飞，入手一捧灰

她们知道嫦娥不说话，路过窗边时便敲敲窗子，递进来一些果子和黍米。嫦娥家旁边的水井是远近百里唯一还有活水的了，这是住在茅庐里神秘神仙的庇佑。

嫦娥不吃那些果子，只是摆在家里。大羿就喜欢这些东西，她心里想着，不自觉地哼起村里女人们唱的歌的曲调。为了躲避太阳之力的侵害，嫦娥的屋里连灯也不点，在幽暗中的吟唱只有过路的风能听见，再把这轻柔的声音吹向四面八方，送到想听的人的耳朵里。

尧有一双倾听天下的耳朵，嫦娥的歌声和人们对大羿的追随都传到了他的耳朵里，一同而来的还有第九十九个人类部落在酷热中覆灭的消息。

"我枉为天子。"他眼中落泪，长叹一声站起来，开始朝着大羿所在的方向狂奔。一边跑一边脱去身上冗余的饰物，一个伟大的计划在他的脑中诞生。沿途他听见越来越多的人在传唱大羿的功绩：

北方的九头怪兽九婴，被大羿用连珠九箭射死啦！那离弦的九支箭首尾相连，射出去像一支长枪一样！

南边的修蛇，占了半个洞庭湖那么大的一条蛇，大羿一箭穿过它的脊梁骨钉住它的七寸，它就落在地上变成巴山啦！

…………

尧听得一路面带微笑，越跑越快，沿途遇到飞鸟，飞鸟都知道大羿在哪里，遇到走兽，走兽也知道大羿在哪里，等到他跑到大羿所在的青丘之泽，突然天地之间都安静了。

这是有上神在施法，隔绝了天下之声。必是一场恶战吧，尧心里想着，迈步跨入了屏障之内。

灌入耳中的是尧此生都未曾听过的猛烈的风声。

青丘大泽是四周环山的一处巨大沼泽，是上古战神蚩尤战死后才形成的。传闻这里四周巨树丛生，是当年黄帝困住蚩尤所用的遗阵，一般人若是贸然进入，必定再也出不来了。

"凶兽怎么会在这里生长？"尧迎着风艰难前行，心里不免迷惑，走了没多久，便看见一只巨鸟悬停在暴风的中央，高有十丈，双翼展开，比十方田地还要宽大。这骇人的飓风，便是巨鸟用双翅扇出来的。它除了生就双翼，还有鹰一般的头脸和长喙，头上伸出两只鹿角……

最奇的是身体，像一头狮子，长着豹纹，还拖着一条蛇一般的长尾。

"凶兽大风！"尧惊呼道。

"无礼狂徒！"空中一声暴喝。

大风的吼声带着威压响起，上古凶兽的力量非同小可，一道劲风像镰刀一样就向尧刮了过来。一支箭从尧的身后呼啸而出，在他面前把那道风劈成两半，风贴着尧的耳朵擦过去了，然后他才听见大羿的喊声："你的对手是我！"

射出这劈风之箭的，除了大羿还有谁！

尧还在吃惊，凶兽虽通灵，却从没听说会吐人言的，怎么这个大风会说人话？

太白金星和逢蒙从密林里奔出，一左一右架着发呆的尧就跑。太白嘴里还报着卦位，按照他报的方位，三人好几个起落之后才选了一处空地站定。"你怎么来了？"太白金星问道，语气里不乏诘问。

"我来找大羿上神！"尧叫着，毫不在意，只是热切地望向正跟大风对峙的射神。

射神大羿弯弓搭箭，瞄着空中的大片阴影——大风。

太白金星却对着大羿叫："小心点，可别错手杀了他。"

大羿回头，不解道："为何？"

"他是上古的风神飞廉，逃了几千年了，现在却跑出来作乱！"

大羿顿时觉得有些头大。

帝俊在天界有条铁律，没有帝俊的授命，神不可杀神，哪怕是上古的流亡神，依旧有极高的品阶。这也是为什么太阳们要害嫦娥，也只能把她骗到冥界，假手冥界的妖魔。

飞廉也在注视着眼前的对手——一个怎么看只是个凡人模样的家伙，张着弓。"听说你是我师兄蚩尤之后最有战力的神？"他嗤笑道，这样不起眼的人怎么能跟师兄比！师兄若不是中了设计，怎么会在这样的地方饮恨而终！

他想起当年痛处，体内的狂意几乎要淹没他的神智，巨大的翅膀暴烈地振动，比方才更狂暴的罡风朝大羿扑过来。

大羿在那一瞬间完全睁不开眼睛，无数风刃像凌迟般割开他的皮肉，成神以来，他第一次感觉到疼痛，这疼痛令他想起童年时是如何射出第一箭的。

当时他还叫灾娃，在山里与一只失去了母亲的幼小花豹一起玩耍，一起张开嘴接雨水，一起扑杀野兔，亲密无间地滚在一起。如此过了几个月，小花豹终于长大，在某个饥肠辘辘的夜晚扑向他的喉咙，豹爪划开他皮肤的时候他被疼醒，凭本能敏捷地躲开了那致命的一咬，顺手将手里捏着睡觉的树枝掷出，树枝从花豹的耳朵射进它的脑子，野兽便无声无息地倒地死去了。

灾娃醒过神来之后放声大哭，即便花豹想要吃了他，他也不希望自己的朋友死掉，但他的本能不允许。他第一次知道，在自己的身体里，有自己不认识的力量。

"我只会射箭罢了，比不了战神！"大羿喊道。他被风吹得睁不开眼，索性就把眼闭上了，只要他想，没有射不中的目标，这是属于射神的法则。他拔出素箭，搭上彤弓，箭尾的羽毛感应到他臂上的鲜血，突然暴长数寸，像触手一般探入他的伤口，鲜血汩汩流出，染红了雪白的箭羽。

大羿像浑然不觉得疼痛一样拉满弓，素箭离弦而去，箭羽从大羿的血肉里滋啦啦地抽出，带着一个异常透迤的长尾向前飞去。那支箭到了空中竟越飞越快，血红的长尾蜿蜒游动，顺着风向上攀升，直到那风力所不及的高处，突然折返急坠而下，正对着风暴的中心。

风眼里是没有风的！

下坠时，素箭的箭尾彻底炸开，像活物一般推着箭矢前进。箭头划破空气发出尖锐的呼啸，听起来竟清亮高亢——"是凤鸣！"太白金星惊叹道，他这才想起，素箭是帝俊用身边的玉色凤凰的十支尾羽所化。

飞廉终于面露惊恐之色，凤是百鸟之王，即便是他也能感到压迫。他原本一直迎向箭矢，准备以喙将箭叼下来，此时身体却缩起来侧向一边，不敢正面接招，只能以铁爪在箭身磕了一下。那箭本来直冲他咽喉而去，现在稍偏一点，正中飞廉的尾巴尖，将他牢牢地钉在地面上。

一触地，那好似凤凰浴火的血红箭尾便四散炸开，星星点点的血迹挂满了周围的丛林。一切都在电光火石之间发生，太白等三人看得呆若木鸡，无人留意到这沐浴在射神血雨中的古老丛林悄然变了。

那边飞廉吃痛长嘶，拼命振翅想要摆脱这一箭的束缚，一时草木乱飞，走石飞沙，没人看得清楚自己身边发生了什么。太白金星催动法力，好容易定出一片清明，四下看了看，突然问旁边东倒西歪的尧："逢蒙呢？"

两人对望一眼，心中都被一股寒意笼罩了，同时缓缓抬头向上看去，那些参天古木已经瞬间疯长到遮天蔽日，逢蒙被一根藤蔓卷着，已然被抛向天际——远古大阵被射神之血激活了！

太白金星暗骂一声，倾力捏了个诀丢出去，也不知逢蒙的性命保住没有，又回头对着大羿喊道："大羿！快走！这林子要是闭合起来，我们全要困死在这里！"

大羿一整条右臂皮开肉绽，翻出来的伤口不再流血，却也没有愈合，天神级的互斗终究与剪除凶兽不同，他自知今日已无法射出第二箭了。

飞廉也害怕这复活的远古大阵，他曾亲眼目睹自己崇拜的师兄在这里经历一生唯一一败并走向灭亡。他的挣扎愈发凶狠，狂暴的风刃四处乱飞，已经不是针对大羿而发，纯粹是切割自己周围的一切。

大羿左支右绌地腾挪闪躲，一边要避开乱飞的风刃，一边又要避开纠缠的树枝或藤蔓，越跑越往密林深处去了。太白金星他们离他有段距离，嗓子都喊得要迸裂了："大羿，别进去！不能进去！"

但大羿的身影闪烁了几下，终是消失在树影之中了。

尧毫不犹豫地追了过去。太白金星甚至都没来得及做出反应，他边跑边回头，自己却始终不敢停下脚步，只能阴沉着脸一路向外，心想这两人要是折进去，这趟狩猎之旅代价也太大了。

青丘之泽外面的那道屏障正是太白金星所设。他终于狂奔到屏障外时，发现逢蒙只是受了点轻伤，垂手站在那儿等着他们出来。

"那个……我家大羿上神呢？"转换门庭的巫师，对着旧主人，小心翼翼地问。

太白金星看他一眼，一撩袍子坐下："等吧！"

这一等就是七天七夜。逢蒙已经饿得不成人形，视线却丝毫不肯离开那片险恶的密林，他坚信他供奉的上神不会死在这里。待到两个模糊的身影互相搀扶着从那里面走出来，逢蒙的心气一松，终于晕了过去。

太白金星无奈地看了他一眼，朝来者迎上去。

两个皆是凡人，却拥有神格，都已经衣不蔽体、伤痕累累，但精神却是不错，一看到太白金星就大笑，异口同声地说道："我们回来了！"

两人对视一眼："多亏了你呀！"又是异口同声。

太白金星着急："你俩就别卖弄了，快告诉我，到底怎样了？"

原来此阵是黄帝按九天玄女所授阵法而设，尧是黄帝的人间传人，对这阵法自然也颇为熟悉，他竟是能认得路的，只是无法号令这些发狂的远古巨木停止攻击。正巧大羿将要送给嫦娥的礼物须臾不离地带在身边，那条骨链上的封豨眼珠，因为是掌管雨水的神兽的精血凝成，所以能稍稍安定巨树的暴走。

两人相互扶持着，才艰难逃出这上古战神的终焉之地。

太白金星抬手撤了屏障，万物的声音又重回耳边，当然也包括飞廉挣扎的风声，此前仿佛在血肉里啸叫的风现在听起来只是遥远的哭声了，配合幽深的古老森林，倒是另一番悚然的气氛。

"这样也好，至少让人不敢擅入，"太白金星看了大羿一眼，"羿，我有话同你说。"

尧笑了笑，非常识趣地走远了一些。

太白金星却还不放心，又把屏障放出来绕在两人周身，才开口对大羿说："飞廉被困，这边凶兽作乱的事情算是告一段落了，我得回去给帝俊陛下复命，但你这儿我却有件不放心的事。"

大羿笑道："我的伤不怕，你看。"说罢，他把胳膊伸到太白面前，之前翻开的皮肉已经变成斑驳的伤痕，只是新长出的肉还透着粉色，看起来怪瘆人的。

太白金星恨铁不成钢地把他胳膊推回去："谁担心你这个！你堂堂上神难道会被皮肉伤弄死？我是说那个尧，你要小心他！"

大羿一脸迷惑："他怎么了？他是个好人，要不是他来救我，我就算有封豨珠也走不出来。"

"他……怎么说呢？"太白金星一指胸口，"这里……所图很大，虽然我也不明白是什么，但你务必小心。无论尧要你做什么，你都不能答应。"

大羿还是迷惑，但太白金星如此郑重其事，他也不再驳斥，便点了点头。

第五章

箭射九日

大地上恢复了片刻的宁静。

只是这宁静过于酷热了。虽然恶帜高张的凶兽们伏诛的伏诛，蛰伏的蛰伏，但江湖依旧在萎缩，草木依旧在枯萎。

大羿带着尧和逢蒙回到家乡，远远的便看见家门口围着好些人，有眼尖的人看到他们，便大喊道："是天子尧！"

"天子来看望我们啦！"有人热泪盈眶。

人们呼啦啦地跪在地上向尧不停地叩头唱诵。

大羿懒得理这些跪了一地的人群，三步并作两步冲进屋里，逢蒙垂手站在门口。

嫦娥确实比之前更憔悴了，她躺在床上，周身又散发着阴寒的气息，令这屋内的方寸之地看起来都十分不祥。大羿跑过去抱着她，"我回来了！"他低声道，狩猎胜利的意气风发瞬间荡然无存，杀死那些东西有什么用呢，他颓然地想。

嫦娥看见他回来，心里确实是高兴的，但却无法表达，只是虚弱地伸手摸了摸丈夫的脸。

嫦娥的指尖冰凉,比从前更冷了。大羿愈发气苦,发出了一声痛苦的低吼。或许该回去了,还得请月后继续为嫦娥治病疗伤。

大羿一弓腰,将妻子横抱起来,用脚慢慢将柴门抵开,正看见尧隔着跪拜的人群静静地望着自己。

"上神要走?"尧分开人群走过来。所有人都转过脸,他们都传说着茅庐里住着个神女,如今果真看见一个白衣女子被大羿抱着,脸紧紧倚在大羿的胸膛里,谁也看不见。

"自然是要走的。"大羿道。

"不寻找贵父母了?"

大羿眼睛一亮:"找到了?"

尧一脸歉然:"我差人寻访多日,本找到些过去部落迁移的踪迹,但近日巨灾频降,所有人都在逃难,无数部落分崩离散,再难找到……"

"哦,"大羿黯然,"辛苦你了。"

"上神这便走吗?"

"凶兽已经清理干净,我夫妻二人还留此作甚?"

"在这山川水泽之中,不知沉睡着多少远古或上古遗留的灵异古兽,它们只是在阴阳失衡、住地破毁时才变成了毁民伤生的凶兽……"尧叹口气,指了指天上,"只要十日还在并出,阳亢而阴衰,只怕还要诞生许多凶兽的。上神是来挽救人间的,但根源却不在我们这里……只要他们还在,凶兽便是杀不完的。"

大羿抬头看着天上发白的十枚太阳,半响,忽然笑道:"难不成你想让我射太阳?"

"有何不可?"尧有一张苍老却俊朗非凡的脸,突然跪倒在地,俯身给大羿行了个极大的礼,朗声道,"请上神射日!"

"什么?"

"请上神射日!"尧以外聚在门口的人全都跪向了大羿,齐声道。尧大声说出的,是大家长久以来不敢说出口的愿景。

大羿心道，我倒是太想射了，但天界有铁律，没有帝命，有品级的神是杀不得的。嘴里踌躇着："他们是帝俊的儿子……也是我的妻兄。"

"其实，他们也是……我的哥哥们。"尧眯眼看着头上的日轮。

大羿震惊了，原来天子并不只是一个称号，尧真的是帝俊在人间的孩子。

"我觉得我更该走了。"大羿有些歉意，"说实话，我们夫妻在天上跟他们有些过结，他们此次蜂拥而出，应该就是来找我的。都怪我连累了人间。"

"显然不是。上神在地面斩九婴、杀修蛇、俘风神，都是惊天动地的事，他们不可能看不见，只是更加不敢招惹上神，而迁怒我们人间罢了。"

"迁怒？只因为我出身于人间吗？"

"我猜他们连这个都不曾想过。"尧义愤难平，"他们只是觉得我们下界的生灵，朝生暮死，轻若鸿毛，命比草芥……毁伤无数的生命，不过是顽皮孩子砸了个玩具，在地上打了几个滚，抹脏了脸……由此告诉父母自己受了委屈。"尧说着竟愣愣地流下泪来，看着残破的人间世，"难道你们神仙打个小架，便是我们举世覆灭的灾祸吗？那些逝去的生命……都是我的子民呀！我对不住他们……也对不住上神的父母。"

"什么意思？"大羿一震，"我父母……也逝去了？"

"不敢欺骗大神，我的确未找到贵父母。只是十日并出之后，凶兽纷起，大火连绵，河湖干涸，禾苗枯焦……死难者无数，我寻到过贵父母村庄幸存的人，说……整村的人活着的不过十之一二，皆是青壮……老人们怕是……都不在了。"

大羿只觉得空落落的。他对父母的记忆很少，都是些碎片的画面，甚至都拼不出清晰的脸。但那最后一日在父亲背上睡着时，母亲唱的山歌大羿一直记得，反复在梦里出现，又被梦里的蝉声覆盖。

那山歌萦萦绕绕的，唱的是——

日出我就起,

日落我休息。

我打了一口井呀,再也渴不死。

我耕了一亩田呀,再也饿不虚。

权力关我什么事?

(日出而作,日入而息。凿井而饮,耕田而食。帝力于我何有哉!——《击壤歌》)

小时候,大羿并不懂歌的意思,现在才明白,人们唱的是:只要给我个安稳的环境,我就满足了,不用操心权力了……旋律快乐自得,带出许多温馨来……回忆越温馨,裹挟的悲伤却越重。人呐,真是太脆弱了。

大羿不知道自己的声音在抖:"你说得对,残害人,就该付出代价!"

"我就知道,"尧热泪满面,像喃喃自语,"上神以前也是人类,必是最同情我们的……上神只要射下一个,其他的金乌必受震慑，以后再不敢乱来，只会按规则巡天……"

大羿根本没有听尧在说什么，因为一双冰凉的手在推他的胸膛，从他的怀抱里挣脱出来，给他理了理领子，然后从他腰间的箭囊里抽了一支素箭递到大羿面前。

"好，好……"大羿声音有些颤抖，把远征带回来的骨链挂到妻子脖子上，在她额上轻轻一吻，便把箭握在手里，弓背在背上，大步往外走去。路过尧时拍了拍他的肩头，笑道："好好一个英雄，怎么爱哭鼻子。"

众人纷纷给大羿让出地方来，逢蒙一脸期待地跑到队伍最前面去。

"逢蒙，看着！"大羿喊他的名字，"射箭最关键的，不是你的眼，不是你的手。"大羿将彤弓拉得满满的，箭尖慢慢扬起……"最关键的是你的腰，还有你的双脚，稳踏在大地上！"

大羿错开两步，踏起烟尘，踩出两个深坑。他抬眼直视那被九日围拢的最中心的那轮太阳，正在头顶的正中，想必就是丹甲了……弦声如裂帛，向高天射出了一箭！

所有人都仰头，看着那飞驰的箭，伴随着尾羽划出的风鸣，窜向一个刺眼的所在……好像融化在高光之中，再不见踪影。

十日都暗淡了一下，以可见的速度在散开。

等了许久，一支箭从高空中坠落了下来，扎在大羿的脚边。

大羿把箭拔出，正是他前面射出的那支，无奈地摇头："太阳太高了，射不到……"大羿回头看了眼门边的妻子，却见妻子用手挡着额头，仰脸望着天上，颦着细眉，脸上露出失望的神情。

太阳们显然已发现大羿的弓箭也奈何不了他们，有九轮日头开始重新聚集，而且降临得越来越低，喷薄出更惊人的烈焰，冲向大羿所在的地域。

只有一轮太阳在一边孤独而踌躇地观望。

地面一下热浪滔天，白烟四起，人畜开始纷纷中暑仆倒。连大羿都感到难受，嫦娥如遭重击，捂住心口，靠在门边慢慢坐倒。

大羿愤怒的拳头握出血来，从指缝中一滴滴落在焦土上，瞬间蒸腾为粉红色的烟尘。

大羿带血的手掌再次抓起彤弓，感觉到彤弓在震颤，几乎把握不住。彤弓开始泛出红光，嗡嗡作响。大羿觉得彤弓在吸附自己手上的血，便索性将更多的血注入进去，彤弓开始变形，变得比大羿的身形还长，隐隐发出龙吟。那一刻，大羿觉得这弓便是自己，自己便是这张弓。

大羿闭上了眼，便觉得太阳已在自己的面前，他搭上素箭，再次拉弓满月，身体几乎倾斜到地上，松了手……

谁也没有看见箭，却看见风景在变形，扭曲。

天地无声，万众寂静。半晌，才见正中的一轮白日头像礼花般慢慢绽开……绽开……化作无数流星拖着长尾四散……流星渐渐变成火球，坠向四野。

这才是射神的巅峰之箭，无视距离，无视鬼神。

有人冲到尧面前惊叫："这动静！不会又将惊醒许多地下的凶兽吧？"

尧面无表情："不过是些散落的金乌羽毛，不及落地就烧光了。"

别人都在见证着一枚太阳的破碎，唯有大羿看向了妻子。

嫦娥也在出神地看着太阳的解体。通天的日光和火光，照在那张寒玉般的脸上，竟有些泛红。一种无法言说的神采，闪露在嫦娥的眼里，嘴角不自觉地微微上翘。

她要笑了吗？笑得真好看呀！大羿不禁痴了。那一瞬大羿忽然明白，头上那些暴虐疯癫的乌鸦，虽然算是妻子的哥哥，其实也是敌人。妻子的抑郁、病弱、不快乐，不仅因为他们的霸凌……还因阴阳对峙，阳亢阴衰，只要这阳少一分，阴就能多一分生机，妻子也会多一分笑意吧？哪怕只为了这笑，我自当为你斩杀所有的敌人。

天上八枚还在靠近地面不停喷涌的太阳开始有了反应，以一种肉眼可见的速度，升高，并向西方逃逸。

大羿再次闭眼,眼角沁出泪来,为了父母之邦,为了妻子,大羿没有停手,一箭一箭,拨弦如龙啸凤鸣。

最先反应过来的是尧,高喊:"上神不可!"他本意是大羿射杀一个之后自然能威慑其他九个,令天道重回正常轮转,但射神的箭有自己的意志。

大羿没有住手,动作如行云流水,继续从箭囊里抽出素箭,射向那些奔逃的太阳。尧跑了过来,想要抓住大羿的弓,刚一伸手就被一股火热的气浪弹出数丈之远,鲜血从嘴边流了下来,他惊恐又绝望地想,完了,拦不住了,看起来站在眼前的大羿,到底是在这里,还是在天边直面着太阳呢?

这时,头上的第二枚太阳才开始解体,绽放出盛大无匹的礼花。

大羿第十次伸手摸向箭囊,却摸了个空。他猛然回头,须发皆张,双目赤红,全身缠绕着看不见的火焰,令他周遭的一切看起来都模糊了,"我箭呢?还有一支箭呢?"

尧这才想起之前的事,对着羿大喊:"那支箭钉住了飞廉！你不记得了吗？"

然而大羿忽忽如狂，仿佛听不见外界声音似的，从他的脚底，已经开始有明火燃烧起来，站在太阳面前的意志，终于开始由内向外地焚烧自己，有人开始慌乱地喊："射神疯啦！"

逄蒙站在自己供奉的大羿身边，听见这话怒目圆睁，几乎无人看见他引弓的动作，一支箭已经直插那人的喉咙，人却没有死，是逄蒙把箭尖折去，只用箭骨击碎了他喉间的软骨，教他再也说不出话来。

兵荒马乱中嫦娥却动了，她一动，所有人就都不说话也不动了，嫦娥绝世的风姿让人暂时忘了一切纷扰。她走近大羿，伸出手，掌心贴着掌心，握住了他的手。

大羿忽然就安静下来了。

不止大羿，在场所有人都觉得心头被一股清凉宁静的气息柔柔环绕，像是回到了在母亲怀抱里睡觉的童年一样。

尧又泪流满面了。

头上的第三枚太阳爆开了……

第四枚，第五枚，第六枚，第七枚，第八枚，第九枚。这可能是有天地以来最恢弘灿烂的场景了。

大羿和嫦娥就这么手牵手，静静地站在苍穹之下。

最后一枚太阳已逃到了天边。那是十个太阳中最小的丹癸，也是唯一一个没有参与把她弃到冥界行动里的乌鸦。

丹癸已经心胆俱裂，只恨长空太过广大，天途太过漫长。他不知道大羿已经没有射他的箭了。他终于没入了地平线，躲进了无底的虞渊。

嫦娥心口越来越轻松，却也越来越悲哀，她知道，这个射日的男人已经惹了滔天的巨祸。

都是因为我吗？

嫦娥只觉得自己的存在是一个错误。

她感到一种陌生情绪的冲击。即便是待她最好的母亲，也断不会为了女儿如此疯狂。她有些不知所措，终在丈夫的怀里，压抑地抽泣起来。

在人类眼里，这是最美的一次黄昏。火烧云连天接地，红得汹涌恣意，就像一幅血色的幕布，而那个一口气射下九个太阳的神，抱着他的妻子，在幕布下薄成了一片剪影。

第六章

嫦娥奔月

火烧云越积越厚，血色越来越暗，云层里透出闪电的光影，雷声像车轮在高天上隆隆驶过。只有尧知道，那是帝俊在震怒，他无论如何也接受不了一日之间失去了九个儿子。

所有人都惊慌散去，只剩下那山坡上孤零零的草庐。暗夜里一道闪电亮如白昼，破开云层劈下，击中了那座草庐。草庐破碎，一条红龙，腾空而上，跃进了云层的缝隙。

天亮了，一枚红日冉冉升起。

这唯一的太阳自此变得兢兢业业，严格按照尧天子制定的春分、夏至、秋分、冬至的轨迹运行。

所有的人类在这一夜无眠。他们在连绵的灾荒中，总算重新看见了只有一枚太阳的日出，他们相拥流泪，庆祝好日子又回来了。

但大羿夫妻已经变得彻底不一样了。

他们在露天的原野上醒来，先前的家散落一地，不复存在。大羿怀里抱着妻子，突然发现她的身体不再像块冷玉一样了，他惊喜得站起来："嫦娥，你好啦？"

嫦娥却无暇他顾，她站起来，第一次真实地感受到自己身体的重量，脚下的草地是软的，身体里心在跳，拉开袖子，能看到皮肤下的血液在流……她惊恐而绝望地看向大羿。

大羿一惊，以为有什么危险，弹起来四处张望，但一站起来立刻发现身体里的力量已流失大半，他想抓起手边的彤弓，发现彤弓不知所终。大羿为了射日，将自己的神力注入了彤弓……如今神力与彤弓一起消失不见了。

大羿原本就是人类，所以不像妻子那么敏感，但此时也意识到妻子恐惧的是什么了，他们夫妻已不再是神了。

逢蒙蹦蹦跳跳地从草坡下跑上来，他是昨夜不眠人类中的一员，如今是狂欢人类的一员，他的身后跟着一大片欢天喜地的人群。

逢蒙昭告大家，自己便是射神在人间唯一的巫师。

射神挽救了天下众生，以后大家可以追随他逢蒙一起，建立社庙，世世代代供奉射神。

逢蒙发现气氛有些怪异，草庐散落得到处都是。大羿和嫦娥各自坐在废墟一边发呆。

"他们……一定要来感谢上神。"逢蒙有点张口结舌。

"我不是神了。"大羿转头看了看妻子。

"怎么可能！"逢蒙把手尽量地展开，"我昨夜看见有条红色的巨龙从您这里腾空而起……"逢蒙当时还把这个当作神迹宣讲给大家。

"哦，那是我的彤弓，被帝俊陛下收走了。"大羿道。

"可是……为什么？你明明救了所有人……"

狂欢的人群依旧围拢在山坡上，献了许多的酒，并在空地上载歌载舞，庆祝世界回到了它原本的样子。嫦娥无处可藏，只好躲在丈夫的身后。

大羿暴躁起来，赶走了逢蒙及所有的人。

大羿开始重建草庐的时候，尧来了。

他这才想起太白金星回去之前跟自己说的话，"无论尧要你做什么，你都不能答应。"他忘了这个叮嘱，导致了现在的结局，但如果让他再选一次，他觉得他还是会那样做的。

　　尧看起来满脸红光，大羿知道他半神的神格也被剥夺了，但尧看起来兴奋又快乐："羿，我们来帮你了！"尧带来的一群人二话不说就开始帮大羿重建家园。

　　"他们都想看看为天下带来清明的神仙夫妻！"

　　大羿摇摇头："我们都不是神了，"他说着话，又把嫦娥在身后藏了藏，他的妻子沉默如谜，对任何人群都感到惊恐。

　　尧热情地对嫦娥笑："你会喜欢这儿的！这里比天上好多了呀，上面都冷冰冰的，这里人们都很尊敬你！"

　　嫦娥把脸扭开不去看他，这个人的声音像砸进水面的石头，总带着不容置疑的感觉，让她喘不上气。

　　大羿苦笑："慢慢来吧。"

　　从此以后大羿就不能叫大羿了，"大"是一个尊号，可他不再是神了，只能叫羿。

一年后，逢蒙捧着九支箭来到羿的家里，他跑得双脚鲜血淋漓，终于把散落在天下太阳坠落各处的素箭都找到了，帝俊把彤弓收了回去，倒是忘了这九支凤尾化成的箭。

逢蒙还是毕恭毕敬的，羿接过来笑了笑："你还把这些捡回来干什么？"

逢蒙道："上神的箭，就该是我捡回来的。"

"我如今不是神了，也不需要随侍的巫师了。你若还想学箭，就叫我师父吧。"

"师父！"逢蒙立刻跪下，自此神巫主仆的关系，变成了师徒。

嫦娥现在不需要躲避什么了，因而窗户开着，让月光照进来。羿得以看得见逢蒙，从上方看不见他的脸，只能看出他从肩到背有一副流畅的骨形，确实是能成为伟大射手的身体，这或许是他留在人间的意义吧。

嫦娥背对着他们，透过窗户，望着月亮发呆。她想念她的玉蟾哥哥们，她可能再也回不到他们身旁了，因为她自己现在是人了，是人就很快会死的。

嫦娥望月的伶仃身影，刺痛了羿。

"都是因为我。"羿想。

既然是人，就得跟其他人生活在一起。羿每次参与围猎，带回来的猎物比其他所有人加起来的都多，听闻羿的威名，也无人敢与他所在的部落掀起事端。时间一长，羿的部落人越来越多，他在丛林里射死一只兔子，身边都会响起如雷的欢呼，这令他觉得自己像个刚会走路的小孩，让人厌烦。渐渐地，他便很少参与这些事，逢蒙能做到的程度跟他没有区别。

但他怎么能离开射箭呢？他每天走很远的路，把箭射到自己看不见的地方去，人间的弓和箭承受不了这种力量，弓在他手里碎掉，箭离弦之后也会燃烧殆尽。他空有射神的意志，却再没有射出神之一箭的资格了，那是帝俊给他立下的禁制。他为此有些焦躁，忽然意识到，自己已经很久没有同嫦娥好好说过话了。

嫦娥还在努力做人。只是适应吃喝拉撒就已经耗费了她全部的精力。凡人的身体太过活跃了,既容易累,也容易饿,无穷无尽地产生各种欲望,欲望就会带来秽物,让她无法承受。她前所未有地厌恶自己,也厌恶周围的人。时间一长,纵使绝世的容颜依旧,但看着还是有些幽怨暗淡起来。

以致尧某日来拜访羿,见到嫦娥的容貌被吓了一跳。

"羿夫人平时也该吃点好东西补补身子。"尧笑道。

嫦娥听到"吃"这个字就烦,立刻转身走掉。

尧也不甚在意,只跟羿说:"后日一年一次的大祭,你还是来露个脸吧?逢蒙跟我说,你非常不愿意参与这些事,但在这里生活的人,都是慕你的威名而来,你出现,对他们来说很重要。"

羿面无表情:"他们慕的是射神之名。"尧还是那副好脾气的样子:"也不用你再射一回日嘛,大祭有个点火仪式,一丈高的火堆,你一箭射上去点着就好了。"

羿愣愣地看着他："你是见过我射箭的，你觉得我该干这个吗？"

尧沉默不语，良久之后才开口道："倒是我冒失了，我一直以来都在人间，不明白你的想法。要是你想拿回射神之力，我听说……在西方，有个连我父亲帝俊也害怕的名字，她才是这个世界真正的主宰。"

羿的眼睛噌一下亮起来。

第二天，羿又一个人往很远的地方走去了。这次他走得尤其远，去到了自己都没见过的山头，从日出走到了日落，在夕阳的余晖里有一棵古桑树引起了他的注意，四周的树上聚集了各色的鸟儿，唯独那棵树上没有鸟儿敢落脚。

羿走上前去，用手敲了敲树干，声音醇厚得像是拍在陶土上。此时一只年轻的乌鸦飞来，不知深浅地停在这棵树上，结果那树枝被鸟爪一碰，弹动起来如波浪一般，乌鸦根本无法立足，受到惊吓后便飞走了。

羿赞叹不已,知道自己终于找到可代替彤弓的武器了。他将桑树整棵砍下后拖回家去,三天三夜不眠不休,做出一张新弓来,他只是得意地弹动了几下弓弦,四周竟有数只小鸟直接从空中栽了下来。

羿进屋去找妻子,成为人以来,他还是第一次把脑袋埋进她的掌心里,他几乎不敢看她,别离即将到来之时他迟钝地意识到自己这些日子过于忽略嫦娥了,但没有关系,他即将为他俩讨要来光明的前途,从此便可以幸福快乐地生活下去。

"我要去昆仑山,见西王母。"他声音闷闷的,气息吐在嫦娥手里,湿润而温暖,"我会找回我们都喜欢的生活。这段时间我叮嘱了逢蒙照顾你,要是有什么事,你可以找他。"

嫦娥非常担心。昆仑山?远古的诸神之山,现在已经是传说里的绝域了。西王母作为远古祖神,掌生死刑杀,就是父亲帝俊也不敢招惹她吧?丈夫真的能回来吗?嫦娥把手放在丈夫头发上,手有些抖,随后塞了一个东西在羿手里,是之前猎兽之征带回来的那串骨链。

"等着我。"羿大步走出去,他获得了不回头的勇气,即便他要走的那条路,甚至不知道是不是真的存在。

因为不再是神了,羿向西走了好几年,终于来到一片广袤而古老的森林面前。参天巨木棵棵都高达百丈,跟之前困住飞廉的那片狂暴丛林不同,这里的古木肃穆安静,叶子落下都像是有人在低语。

一踏入林中,羿就感觉身心都轻快起来,帝俊的禁制在这里不起作用,他无疑是来对地方了。他心中一喜,狂奔起来,林中各类没见过的鸟兽都纷纷避开他,却又忍不住好奇地探出头来看这个未曾见过的物种。

羿在其中穿行,觉得这森林里哪一头活物要跑到人间去,都是凶兽。比如有种叫"嚣"的巨鸟,脸像猫头鹰,有四扇翅膀,叫起来像孩子啼哭。还有种怪兽,雄的叫"狰",雌的叫"狞",浑身火红,有些粉红的斑点,就像豹子,但头上有只半透明、琉璃色的独角,最奇的是身后甩着五条尾巴。狰狞是守玉兽，有它们在的地方，附近就有玉石。昆仑山产美玉，号昆玉，说明离昆仑已不远了。

穿过森林之后，巍峨的山就在眼前了，山顶高耸入云，那云竟是粉红色的，羿心里清楚，这便是天地之源的昆仑山了。

山脚环绕着一条平静如镜面般的大河，走近了看水面极其宽阔。后羿伸手试了试水，觉得这水有些古怪，他顺手捡了一片叶子扔进去，那叶子立刻沉入水中不见了——这就是传说中的弱水啊。

那覆盖着山巅的红云也不简单。环昆仑山壁一圈，燃烧着熊熊炎火，融铁化金，昼夜不息。红云是这炎火的浓烟所化，上千年来，据说没有人能穿过弱水和炎火，看见昆仑山峰顶的真容。

若换别人就没办法前行了，羿却胸有成竹，坐下来用树藤皮搓了条长长的绳子，然后将绳子的一头绑在箭尾，另一头绑在了自己腰上。羿张弓搭箭，像射日一般，对准峰顶……这一箭射出，羿心中也无比畅快，他太久没有这样心随意动地出手了。

箭扯动绳子，把羿带上高天，羿在半空中忽然感到一种被拉扯的力量，他飞得越来越快，最后几乎是被拍在山顶的一块地面上，腾起许多烟尘。

"不错的箭。"有个女人的声音平淡地说。

羿抬头看去，面前是一个女人姣好的背影，头戴玉冠，冠下披着委地的长发，倚在山巅上，旁边立着三只巨鸟，就像三块巨石。她两根纤纤玉指捏着他射过来的那支箭，就这么把他拉到了面前。

羿大惊，那女人缓缓转身，却是个少女的样子，看到趴在地上的羿时突然张嘴，露出一对虎牙，发出尖锐的长啸。羿在这声音的威压里睁不开眼睛也爬不起来，一阵地动山摇之后，峰边全是扑棱棱的震翅的声音，惊散了一片片的鸟群，唯有她身边那三只巨鸟还在。

羿翻身跪地做了个下拜的动作，他知道这一定就是西王母本人了。

"射死九日，了不起啊，所以到我这里来，也用箭问路吗？"西王母掌管这天下所有人和神的生死，自然没有她不知道的事。

"不敢，"后羿回道，"我只是走投无路了。"

后羿将自己和妻子的状况说明，一边讲一边偷偷抬起眼睛看西王母，这天下至高的神双手捧着脸，过一会儿又从身后的长发里拽出一只豹尾来，像孩子一样又抱又摸。羿看呆了，倒教他想起自己的妻子，他们一起生活了这么久，却没能见过嫦娥露出这样小女儿的神态。

"原来如此，"西王母拍着手，"那是帝俊不讲道理，自己儿子捣乱他不管，别人替他管又要生气。"在西王母眼里，帝俊和下界众生倒也没有很大的差别。

她扔给羿一个玉瓶："你的箭确实不错，我很久没有见过什么有趣的东西了。你做回射神吧！这瓶里有两丸不死药，吃一丸可以长生，吃两丸便能成神，你吃了，留在这里陪我玩吧。"

羿未料到事情如此顺利，本来欣喜若狂，听到后面却呆了："王母，我家中还有妻子，您能不能……再赐我两丸？"

西王母笑了起来："你这人真有意思，九千年才能炼一丸的药，你开口就让我再给你两个？你们凡人就知道吃！"

羿被她说得满脸通红，又想起她要求自己在这里陪她，只能伏在地上深深一拜："多谢王母赐药，我……我想回去与妻子一人一丸，一起长生，不用做神也罢了。"

王母这回却不笑了，盯着他道："嫦娥吗？对，你就是为她才射日的，若是她让你射我，你也射吗？"

羿诚惶诚恐，慌忙道："王母恕罪，嫦娥她不敢的！她是个胆子很小的人，连陌生的凡人她都害怕，怎么会有如此可怕的想法。只因她的哥哥欺负她，我气不过才……"

"这么一看，你又没那么有趣了，"西王母忽然不耐烦地站起来，"罢了，你走吧，别让我再看见你。"她话未说完身形已不见，只剩下羿呆呆地留在原地。

羿忐忑不安，一摸怀里的玉瓶还在，忍不住长笑出声，转身便往家的方向去了。

若干年后，羿回到了自己的村子。

草庐还在，嫦娥还在。

她的相貌已经有了些变化，短短的人间岁月，就把她从少女变成了一位美妇人。在羿眼里，她更有风韵了。也不顾外人的眼光，在家门口便将她满怀欣喜地抱在怀里跨进门去。

嫦娥眼里迸出神采来，她抱着羿的脖子，抱得那样紧，羿听见她激动的喘息，几经平复之后，终于极其微弱地发出了一个声音："羿……"

羿抱着她跳了起来，险些将自家的草庐顶个窟窿："你是在喊我吗，娥？你能喊我的名字了？"他把嫦娥高高举起来转了几圈，两人脸上都泛着红晕。

此时便听见逢蒙在门外喊道："师父！听说您回来了！您还好吗？"他并不进门，只是背着许多猎物靠在门口。

羿舍不得将妻子放下,还是将她抱在怀里,走过来看逢蒙。嫦娥羞得把脸埋在丈夫肩上,羿只是笑,跟逢蒙说:"这些年辛苦你了!"

逢蒙已经长成了一个魁梧的男人,他站起来,已经同羿差不多高。

三个人都太高兴了,在庐外的树下,烧烤的野味一直吃到了深夜,羿和逢蒙已喝得酩酊大醉,嫦娥静静地看着这对师徒,手指在丈夫的眉宇间轻轻划过。

她的手突然被丈夫抓住,丈夫睁开迷离的眼,一把将她抱起。

进屋之后,嫦娥看见丈夫依旧带着酒气,从衣物里拿出一个玉瓶放在她手里:"我求到了,娥……王母给了我这两丸灵药,咱们一人一丸,便能长生不老,永远……这般好了。咱们可以住到没有其他人的地方去,就我们俩……找个好日子,咱们一起吃……"羿断断续续地说着说着,便呼呼睡去。

羿一觉醒来已是正午，发现妻子还在睡。

他没有叫醒嫦娥，悄悄带了弓出去，想着怎么也给妻子亲自射点美味吧。

差不多下午了，嫦娥才醒，拖着身子走到窗边，那里可以看到一条蜿蜒的路，路的尽头会有那个人回来……忽然觉得等待的感觉……也挺好。

嫦娥从怀里拿出那个玉瓶细细端详。玉瓶白莹莹的，好似月光，嫦娥越看越觉得可爱，此时一个幽灵般的声音在她身后响起："师娘，把它给我吧！"

嫦娥猛然回头，只见逢蒙双目灼灼地盯着那瓶子，不知他何时潜进屋里了。

她惊恐万状地退了两步，但草庐就这么大，她已经没有地方可以躲了，只能把瓶子紧紧攥在手里、藏在身后。

"师娘，我昨夜在门外……都听见了……"逢蒙眼睛亮得吓人，声音却像哭了一般，"我自小为巫追随上神，就是想求个长生不老……谁承想……您把它给我吧……"

他慢慢逼近嫦娥，平日他对这位冰雪冷玉一样的师娘非常敬畏，礼数有加，甚至不曾靠近在三尺之内跟她讲话，此时却紧紧逼过来，扳住嫦娥的肩膀。

嫦娥贬为人类之后，体质甚至还不如一个普通凡间女子，登时摔倒，爬伏在地上。

嫦娥面白如纸，已怔怔地落下泪来。

逢蒙也怕得厉害，不知是该扶，还是继续去抢。最后还是咬了咬牙，把嫦娥的手拉到自己面前，一根一根地掰开她的手指，把那个玉瓶抢走了。

不死药！连神都觊觎的不死神药！逢蒙浑身颤抖，发出了不知是哭还是笑的长嚎，哆嗦着打开瓶子一看，却是空的。

再抬头时，却发现趴伏在地的嫦娥，身体正在发出越来越强的光芒，照在屋里，仿佛满地结了白霜一般。大地开始震颤，远方的潮汐正在涌起。

原来嫦娥明白自己抢不过逢蒙，倒地时索性将两丸灵药藏在嘴里，却不料灵药入口即化，甘露一般滑入她喉中……然后体内久以消失的太阴之气犹如潮汐泛滥，身体不受控制，悬浮在空中，一股巨力扯着她，撞破了庐顶。

原来是月后在天上感应到女儿从新成神，怕丈夫帝俊横加干涉，与十二个蟾蜍儿子一起运出所有法力，接引嫦娥上天。

嫦娥缓缓悬浮在空中，越升越高，急得几愈晕去，她在空中摇臂展手，衣袂纷扬。万众仰视，只觉得嫦娥在腾飞中翩然而舞，全不知她在挣扎。

她无助地看着越来越小的大地，五内俱焚之中终于尖叫出声："羿——"

羿在山林里，听见了那声凄厉的呼喊，待回头，却惊呆了。天降异象，他明白妻子定是吃了两丸不死药，独自成神了。

你连半日都不等，就离我而去吗？

被背叛的屈辱噬咬着他的心，羿陡然举起弓箭对准妻子，但好似遥遥地看见了妻子脸上的泪。

嫦娥已经变成飘在空中非常遥远的一点光，她头顶有一轮淡淡的新月，突然大放光芒，几乎压过了夕阳，就跟当年唤醒他射神之魂的那轮新月一样。

　　羿的视野渐渐模糊。她还是不愿做人……如果那就是她想要的，如果那就是她想要的……他颓然地放下箭，跌坐在草地上。

第七章

后羿之死

失去妻子的羿一蹶不振。

他把自己的弓箭封埋在跟嫦娥共同生活过的草庐里，就搬走了，整日只是喝酒游荡，这样的日子竟然过了几年。逢蒙心里有愧，请了尧来劝慰羿，希望他能重新振作，融入人间的生活，带领部落开疆拓土。羿见过尧一次，两人不欢而散，此后尧再来，他便出游避而不见。

在月光下徘徊的时候，他不免怨恨妻子。时间一长，那女人的容颜已变成记忆里模糊的倒影，恨意渐淡，只剩下些缠绵的伤感。

这一日，他游荡到了一条河岸边，静夜里听着水声，醉卧在竹林边。

流水潺潺而过，渐渐传来了寥落的歌声。羿半睁着醉眼，只见月光洒在水面上，一个宫装女子凌波微步，踏水而行。那月白的身影勾起他心底深处的愁思，眼光竟是再也挪不开，女子的歌声寂寞又辽远，唱得羿本就萧索的心竟皱成一团。

他再也忍不住，趁着醉意站起来，大声问道："女神可是河神？为何……为何深夜在此做悲歌？"

女神停了歌声，转过头来。两人四目相投，都有些异样的感受。

她缓缓行了个礼，回道："不是什么值得一提的事，我是洛水之神，使君何人？"

"我叫……羿。"羿不自觉看得痴了，洛神的美貌和忧愁，无一不教他想起嫦娥，在他曾经的梦境里，嫦娥也会这样温柔地同他讲话……他晃了晃脑袋，今夜果真是喝得有点太多了。

"原来是大羿上神！"洛神惊道。这些年有关羿的事迹早就传遍天下，当然也包括嫦娥奔月的事。

"别这么喊，我早不是神了，不过是个被老天厌弃，被老婆背叛的傻瓜而已。"羿苦笑，心里愈发酸楚，叹了一句，"让女神笑话了。"举步便走。

忽听身后的洛神也叹了一句："什么女神，不过是一个夜里乱走的怨妇罢了……"

羿停下了脚步。

洛神是最美的女河神，她的丈夫则是河神之首河伯。河伯本是天上的应龙，在当年黄帝与蚩尤的大战中受伤坠落人间，变成镇守南方川泽的河伯。化为人形的河伯风神俊朗，鱼尾人身，有一头银白的头发，鳞片与眼睛都如琉璃一般流光溢彩，面容更是俊美非凡。知道他与洛神成亲的人，无人不夸他们是天造地设的一对。

洛神与河伯也确实有过一段琴瑟和谐、人人艳羡的好时光，然而神仙们的生命实在太长了。总之也不清楚到底过了多少时日，美如洛神，在丈夫眼中也变成了旧窗花一般可以随意揭去的摆设，河伯故态复萌，又开始勒令供奉他的凡人为自己献上少女。

寂寞无处排遣的洛神，便趁深夜浮上水面，在月光下唱歌。谁知这一夜，刚好遇到一个跟她一样的失意之人。

两人心中的苦闷正好都无处倾吐，有什么比同病相怜更能拉近人的心呢？女神夜夜出来给羿唱歌，如此过了数月，河伯再冷落妻子，也还是发现她每晚出门，竟不止是唱些靡靡之音罢了，而是似乎有个"奸夫"存在的样子。

自己虽然花心,却绝不允许妻子做出让自己颜面无光的事情。河伯盛怒之下幽禁了洛神,又在洛神每日出门的时间悄悄守望着河岸,想要看看"奸夫"是谁。

羿如约而至,河伯却气恼更甚,妻子夜夜来幽会的,竟然是个凡人!河伯暴怒而起,化为巨龙,驱动洪水想要卷走羿。但羿面对过的险境岂是一般凡人可比,矫健至极,河伯的怒涛总是慢他一步,眼见他跑入一座草庐。愈发恼羞成怒的河伯,龙嘴一吸,将半河的水像瀑布倒挂似的悬在草庐上方,威胁羿出来。

羿推庐出来,站到那悬于头顶的激流前,朗声说道:"你妻子哭出的眼泪都比你这河水有力,我倒要看看你今日可敢淹到一户人家!"说罢便张开那掩埋于地下许久的弓与箭,迎着滚滚怒涛射出一箭。

水流被那支箭从中间劈开,完全散开,化作春雨。但箭的去势丝毫没有减弱,羿的目标,竟直指那激流后面化龙的河伯。河伯意识到羿的箭威时已经来不及了,素箭带走了他的一只眼睛。

巨龙栽到水里挣扎翻滚着，怒号着逃走了。

羿却没有什么获胜的欣喜，洛神定受了不少委屈，他黯然地想，我总是让亲近我的女人受委屈。

周边部落里的人却沸腾了，所有人都看见，羿重新开弓了。

他们的英雄好像不再沉沦，还赶走了肆虐的恶龙。

逢蒙寻回了那支射龙之箭，高高地举在头上，再次请师父出山。长久以来，逢蒙已经成为部落中除羿之外最有威望的年轻领袖，在嫦娥奔月的那个夜晚之后，他最初的欲望早已被他深深埋葬再也不去想起，尧如今才是他心中想要效仿的偶像。但他知道，人们对于羿的崇敬，仍深深地根植于心中，射日的壮丽烟花，在口口相传中已经成为万世不灭的荣耀，羿是无可替代的。

幸而他是他的师父。

就在众人都以为羿会再一次拒绝大家的请求时，羿笑了笑，接过了那支箭，高举在空中，万众欢腾起来。他们奉羿为王。

羿接受了大家的推举，并不是因为什么雄心重生，不过是更加无所谓了。灰心到了极致，反而轻松。

那时的王，又叫后。"后"原是发号施令者的含义，到了很久以后，才被用来称王的妻子。在羿做王的时候，人们尊称他为"后羿"，就是羿王的意思。

后羿这样的盖世英雄称王，举世震惊，男女老幼谁会不知道他射日的功绩呢？他的威望吸引了无数人前来归附，终于建立起一个史无前例的大部落。但后羿其实只是当一面旗帜，平日还是喝酒，或是在林间狩猎游玩。许多细致的操持，甚至开疆拓土，都是徒弟逢蒙在打理和运作。逢蒙愈发显示出他射箭以外的才能来。

这个巨大的部落当然会招致别人的嫉恨，当年与羿有战友之情的尧天子这时已经死了，他的继承者们和后羿也没什么交情，两边纷争不断，流血或不流血的，都在后羿无可比拟的光环里添上了暴虐的成分。渐渐地，后羿不再是人类共颂的英雄，而是残暴的君主。

这其中还有逢蒙在添油加醋。他太渴望摆脱师父的阴影了，他从少年长到快要中年，做了部落里几乎所有实际的事情，却始终只是后羿的徒弟，什么时候世人才能记住我逢蒙的名字呢？他躲在暗处制造了无数谣言，散播后羿昏聩无能，玩物丧志，连射箭都荒废了，全然不是一个值得托付的王者。

这一日，后羿从野外游猎归来，发现在宫殿前的广场上站满了欢迎他的臣民，感到有些诧异。

人都是逢蒙叫来恭迎后羿的，他真正的目的是想当着众人的面，射杀后羿，来证明射术第一的人已经易主，他如今才是真正的部落之王。

后羿刚刚踏上广场，忽然感到了一种被人用箭瞄着的危机感，他四下里看了看，逢蒙不在他常待的地方，却在广场尽头高耸的阙楼上，已经张开弓，正对着自己。

众目睽睽之下，逢蒙射出了他的箭！

后羿晚出手，但两人的箭却是同时离弦。

两箭对向破空而来，竟在同一条线路上，在空中箭尖对箭尖地撞在一起，呼啸声戛然而止，两箭刚好势力相抵，如羽毛般轻轻落在地上。

广场上被喊来围观的人，已经全体从震惊变成了赞叹。两个人一样的动作，一样的速度，飞快地连环射出了九箭。每一箭都在同一个点上相遇，然后落在同一个地方。

人群的欢呼声排山倒海，很多人激动得快把嗓子喊破了。凡人短暂的一生中，极少有机会亲眼见到如此令人沸腾的较量。

逄蒙射出了他的第十支箭！他最清楚不过了，后羿就只有九支箭。

第十支箭，正中后羿的面门。他仰天倒了下去。

整个广场瞬间鸦雀无声。逄蒙一步一步地走向后羿，他努力控制着自己的表情，不让在场的人看出自己的心境，只有他自己知道，离后羿越近，他的眼皮就跳得越厉害，几乎让他看不见东西。

他终于走到后羿身边,那支箭插在后羿嘴里,有一丝血迹,从后羿的嘴角流出来。他放心了些,于是伸手去拔那支箭,一用力,竟然没把箭拔下来,倒是把后羿拉坐起来了。

逢蒙吓得一屁股坐倒在地,连连爬着往后退了好几步。

后羿吐出嘴里的箭矢,冷笑道:"我刚才新创的'啮镞法',没教过你,不好意思。"

所有人都看向坐在地上的逢蒙,他愣在那儿半晌,突然跳起来捡起后羿吐出的箭,高举过头,朝人群高喊:"谣言不攻自破了!大王永远是射神!"

"大王永远是射神!"整个广场都跟着齐声高喊,所有人在那一刻都感到了安全。

后羿看着逢蒙,良久笑道:"倒是你煞费苦心。"他伸手在徒弟的背上拍了拍,触手之处湿滑冰冷,逢蒙的冷汗,早已将衣襟浸透了。

后羿甩甩手,转身大步离开了那个广场。

逢蒙用了倾尽平生所学的十箭，终于明白了一个事实，羿是不可能被箭杀死的。

又过了不知道多少年，后羿作为人类，已经开始有些老了，他在月下发呆的时候越来越多。

逢蒙也不年轻了，部落里的事务还是由他主持，但他对后羿毕恭毕敬的态度再未改变过，长久如一日。只有在夜里才会重拾自己年轻时巫师的本职，一个人在家里问卦占卜。问卜是人与天的交谈，逢蒙在其中窥见了什么样的命运，没有人知道。

后羿仍旧每天出去狩猎，逢蒙只要能腾出一点时间，都必然会跟随，只要他跟着，就还是那个四处跑着捡回猎物和箭矢的徒弟。

那一天落日变红的时候，后羿开始往回走。逢蒙在树林里砍了一段桃木，说要给自己做把新的弓，后羿笑道："桃木太硬，做不出称手的弓的。"

逢蒙闻言也笑："听师父的。"于是就地把桃木削成一个长棍，把猎物扛在肩上，跟在后羿后面走。夕阳在他们背后,两人的影子长长的,指向家的方向。

翻过两座山头,后羿觉得有些喘,确实是老得不像样子了,他心想,该歇歇了。

后羿摇摇头,扯着脖子唱起了记忆里母亲唱的歌谣:

日出我就起,
日落我休息。
我打了一口井呀,再也渴不死。
我耕了一亩田呀,再也饿不虚。
权力关我什么事?

后羿只顾唱歌,身后的徒弟逢蒙,已卸了猎物,将桃木大棍高高举起,尽全力向后羿的后脑砸来。只一下,后羿就倒在了草坡上。

歌谣却好似还在落日的山野间回荡。

逢蒙没有停手,一下,一下,又一下……

这就是逢蒙在夜里问卜的成果,他是个会去践行自己命运的人,一直以来都是如此。

后羿其实看见逢蒙影子的动作了,但不知道为什么,他没有选择躲开,只是在心里划过一个念头:天边那唯一还活着的太阳看见了吧,倒是让这个手下败将见笑了。

人间英雄所见过的最后一轮落日,终于跌入地平线之下。

太阳落下,月亮就升起来,月色总是温柔、安静地照在大地上,就如同一位妻子望着丈夫的眼神一样。

那两丸不死药,不仅让嫦娥升仙,也修复了她伤损的灵脉,使她拥有了至纯至厚的太阴之气。如今她已经替代了母亲成为新的月神,每日带一个月亮在夜天起落。

只是她不知道由她磨亮的月光再也照不到她的丈夫了。天上时间与人间岁月,流速是完全不一样的。

但英雄的一生就是这样短暂而完满:抗争过命运和自然的残暴,体会过爱情的美满和离别的愁怨,经历了巅峰的尊贵和无常的败亡。